U0088923

古典文學研究輯刊

四 編

曾永義 主編

第4冊

閨閣傳心
——《午夢堂集》女性作品研究

李栩鈺 著

國家圖書館出版品預行編目資料

閨閣傳心──《午夢堂集》女性作品研究／李栩鈺 著 ── 初版
── 新北市：花木蘭文化出版社，2012〔民101〕
序6+ 目2+154 面：19×26 公分
（古典文學研究輯刊 四編：第4冊）
ISBN：978-986-254-753-3（精裝）
1. 明代文學 2. 女性文學 3. 文學評論
820.8   101001729

ISBN-978-986-254-753-3

9 789862 547533

古典文學研究輯刊
四 編 第 四 冊   ISBN：978-986-254-753-3

閨閣傳心──《午夢堂集》女性作品研究

作 者 李栩鈺
主 編 曾永義
總 編 輯 杜潔祥
出 版 花木蘭文化出版社
發 行 所 花木蘭文化出版社
發 行 人 高小娟
聯絡地址 新北市永和區中正路五九五號七樓之三
         電話：02-2923-1455／傳眞：02-2923-1452
網 址 http://www.huamulan.tw 信箱 sut81518@ms59.hinet.net
印 刷 普羅文化出版廣告事業
初 版 2012 年 3 月
定 價 四編 32 冊（精裝）新台幣 52,000 元

版權所有‧請勿翻印

閨閣傳心
——《午夢堂集》女性作品研究

李栩鈺　著

作者簡介

李栩鈺，國立中央大學中文研究所博士、國立清華大學文學研究所碩士，現職嶺東科技大學通識教育中心副教授，研究領域：女性文學、明清文學。授課科目：《紅樓夢》與藝術人生、古典小說的藝想視界、明清文學與小品人生。專著：《河東君與柳如是別傳》、《文學女性與女性文學——不離不棄鴛鴦夢》。與林宗毅合編：《中國文學名篇選讀》、《2009 秋·百家藝談》、《2010春·百家講藝》、《紅樓·文化記藝》。

提　　要

　　明清文學與女性文學是近年來學界所津津從事、關切的研究論題，本書藉由《午夢堂集》女性作品的研究，綰合了這兩者。全書前三章重述與探究葉氏家族母女作家生平經歷及其作品，敘錄《午夢堂詩文集》版本流傳，四、五兩章從主題、意象塑造與女性經驗描寫等方面，實踐了女性觀點為中心的批評，指出《鴛鴦夢》一劇為「家族療癒」的代表作，既是女性書寫，也是在書寫女性，迥別於傳統男性觀點的探討。

　　本論文 1997 年里仁書局初版後，1998 年中華書局出版冀勤點校《午夢堂全集》，大陸地區政府單位開始蒐集午夢堂文化遺產、2000 年保護午夢堂遺存、成立午夢堂紀念館。本研究可謂具體個案彰顯明清才女文學成就，於學術新視域有開闢之功。

目次

序　一

陳萬益

　　多年前，我在「晚明小品研究」的課堂上，提醒同學注意晚明社會思潮變遷的一個重要現象：兩性關係的鬆動，包括感情、婚姻、性愛以至於女性形象的活躍，在文學作品中都有具體而廣泛的反映。譬如：《西廂記》雖然早已流行，卻在萬曆、崇禎時期，由眾多選家的評點刊刻，眞正獲得護者的擁抱；湯顯祖在《牡丹亭》中塑造了象徵青春生命的杜麗娘，她出生入死，由死復生的愛情追求，雖然違背常理，卻深深感動了被禁錮的心靈；馮夢龍編輯了大量的山歌和情史，赤裸裸的把古今情愛故事與詠歎呈現給廣大民眾，宣示「情教」、衝擊「禮教」；而更驚世駭俗的色情寫作，由《金瓶梅》開啓，已成爲時代風尙；才子佳人小說雖然多不能擺脫「求偶必經考試，成婚待于詔旨」的模式，婚姻以愛情爲基礎的理念，則已實際滋生。至於明末清初的名妓與名士的交往，如：柳如是與陳子龍、錢謙益，李香君與侯方域等，爲人所豔稱，也更突顯女性的傑出，於鼎革之際，不讓鬚眉。流風餘韻，由明末到清初，尋常百姓家的陳芸在《浮生六記》裡留下令懷想的形象，曹雪芹則在《紅樓夢》中痛斥男人濁物，而用大筆墨爲閨閣中靈秀的女性塑像……這是一段中國文學史上充滿異端思潮的時代，也是文學舞臺上女性生命活躍的時期，而在正統的男性中心的視野中，尙未好好正視的段落，中國文學的研究者，尤其是女性，應該好好在世界性的女性主義思潮中，借鑒西方，投注心血加以研究。

　　李栩鈺是當時的學生之一，「閨閣傳心——《午夢堂集》女性作品研究」是她認同我的看法之後，從事晚明女性文學研究的第一階段的成果。

　　《午夢堂集》是明朝遺民葉紹袁於崇禎年間所編纂的一部葉氏家庭成員的作品合集，除本人作品外，包括妻子沈宜修、女兒葉紈紈、葉小紈、葉小

鶯、兒子葉世侗、葉世佺、葉世㥿等人的創作,及沈宜修輯選的當代女性作家的作品集。這樣一部全家合集的書在中國文學史上是極其少見的,而葉小鶯、葉紈紈以璀璨的才情卻不幸早夭,沈宜修也在子女相繼變故,哀痛過度,四十六年華即與世長辭;葉紹袁則在天崩地裂的鼎革時期,出家作方外遊,以《甲行日注》日記體的文字記錄了這一個文學家庭的家恨國仇、踽天瘠地的悲憤。葉氏一生雖乏豐功偉業,《午夢堂集》雖然沒有超卓的文學成就,明末清初以來,不乏讀者的青睞,從文人筆記不斷傳述葉氏家族的遺聞軼事,甚至以小說、戲曲形式演述,其人其書,一直流傳於天地間。

栩鈺看上了《午夢堂集》,窮盡心血,搜尋各種版本,跨海結識了大陸的有心人──冀勤女士(點校全集,中華書局 1998 年出版)。復鉤勒比對了各種版本的異同,所作「版本敘錄」就是《午夢堂集》的流傳史。在文集中,她只選擇女性作品作為研究範疇,就是基於前述對晚明女性課題的興趣,雖然如此,《午夢堂集》中收錄的葉氏父子與其妻女親情的文字,涉及女性生活,自然也在論述之中。她主要探討這些作品的創作主題,及其文學意象的塑造和女性經驗的描寫。綜合來看:葉氏母女藉文學的酬唱得到女性情誼的慰藉與滿足,然而貧病死亡的悲劇不斷發生,則又陷於哀悼窮愁的情境,宗教的祈願與夢境的投射都是苦難的象徵;至於由「莫作婦人身,貴賤總之愁」(沈宜修詩句)的女性意識與女性經驗的書寫,固然還都是相當傳統的表現手法,當代的女性固然無法認同,卻更應予以同情的省視。栩鈺在文末對於傳統評價提出商榷,對於所謂「筆力略屏弱,一望而知女子翰墨。」的偏見,表示不滿,正是新時代新觀點的證言。

女性文學的研究已經成為國際性的顯學,晚明與清初變革時代的女性課題也已經在海內外舉辦過多次的學術會議中,獲得相當的進展。栩鈺將其研究晚明女性文學的初步成果付梓,以為學界觀摩,並以自勵。此書在其寫作期間,我對她治學的熱誠深有所感,並且分享了她學疑解惑的樂趣,特於成書之際,草此短文,以誌因緣。

陳萬益序於清大中文系研究室,民國八十六年元月

非關午夢堂

王安祈

　　栩鈺，里仁書局（按：本書 1997 年初版爲里仁書局發行，2012 年修訂版爲花木蘭文化出版社）願意出版妳的碩士論文，對於妳這樣一位認眞用功的青年學者而言，眞是一項莫大的鼓勵。身爲妳的老師，雖然不曾指導論文，也深深覺得與有榮焉。本應該「興高采烈」的爲妳寫序，但是我卻決定以悼念張敬（清徽）老師的文章來代替序文。栩鈺，妳一定會覺得很意外，但是我相信，如果妳聽了我的解說，應該會能接受的。

　　做這樣的選擇，當然和我個人近來的情緒有關。清徽師於元月四日病逝以來，我的思緒始終不得平靜，經常回想起當年在臺大的種種以及師友間的往事：文學院、第九研究室、二十三教室、曾老師、芳英學姐、還有較清徽師更早逝去的翔飛姐。這些人與事都是妳和妳的先生宗毅極爲熟悉的，那濃郁的文化氛圍更是宗毅的學問養成之所。我到清華任教已十年有餘了，這裏的一切和臺大頗爲不同，水清木華、綠意盎然，卻常是沉寂一片；沒什麼複雜的人事糾葛，也沒有足以關心動情牽腸扯肺的深交厚誼。我在個人的研究室裏構築起一片豐盈自由的小天地，十年如一日，怡然自得，也清淡如水。清徽師之仙逝觸動了我對往昔生涯的種種懷想，包括臺大的文化氣息，也包括中文系的師生倫理，這一切離我已有十年之久了。栩鈺，妳在清華讀了七年書，同時又跟著宗毅成了半個臺大人，我對今日之悠遊與對往昔之懷想，這番心境，妳必能體會吧？

　　其實我們的關係是很複雜的，妳當然是我的「正規」學生，從大二起就上過我的詞選、曲選、明清傳奇，而我在教妳的時候同時也教到了那時還沒露過面的宗毅，妳經常拿一些很深的戲曲問題來問我，起初我很訝異，後來

才知道妳是在為宗毅找資料，宗毅那時正在臺大上清徽師和曾永義老師的課，而這兩位都是我的論文指導老師，那麼宗毅該跟著妳叫我老師、還是該從老師那邊論關係稱我師姐呢？等我擔任了宗毅碩士論文的口試老師後，身分似乎單純明確了些，而妳隨即又跟著他到臺大博士班去上我的老師的課，我們之間的關係又轉趨模糊了。

不過這種複雜的糾纏當然不只發生在我們之間，我跟我的老師曾永義就很難嚴分輩分。我的碩士論文以清徽師為導師，到了寫博士論文時，又同時請曾老師一同指導，而曾老師是清徽師的把手徒兒，那麼我和曾老師不也是「關係曖昧」嗎？不過我當然認定曾老師是我「嫡嫡親親」的老師（非但是嚴師，同時還是慈父，我結婚時還是由曾師代替已逝的父親攙我進禮堂呢！）而這麼一來，我不就該尊清徽師一聲「太老師」？妳和宗毅豈不成了曾師的徒孫、清徽師的第四代傳人了嗎？但妳的導師陳萬益的博士論文又是清徽師指導的，這份系譜到底該要怎麼排列呢？

這一大堆複雜的關係，反映的現象正是：清徽師桃李滿天下，「戲曲界的導師」當之無愧。我所教給妳的，正是以當年受教於清徽師的一切為基礎，我在教學時加入了自己的體會；而今你們也已為人師表，你們的教材中也一定有我們這幾代老師的心血和妳自己讀書的所得，教育不就是這樣代代相傳的繁衍增殖嗎？我教妳的以戲曲為主，而妳的論文在精通晚明文學的陳老師指導下，從事了跨越文類的研究、開拓了更寬廣更深遠的文化視野，學術的進步不正於此具體可見嗎？

在清徽師火化的那一刻，我和芳英姐握緊了雙手默默祝禱，曾老師在我們肩頭各自重重的拍撫了一下，淚眼模糊中，我轉頭瞥見了妳和宗毅二人也正以最凝肅的神情送著我們共同的導師。那一刻我具體的體會了薪盡火傳的意義，我決定要以原刊於《中華日報》悼念清徽師的文章〈一世情根繫北平〉當作這本書的序文，栩鈺，我想妳願意接受吧？讓我們一同來追憶先師，一同來體會那一個世代的心境，好嗎？

> 四日一早接獲玉蕙學姐電話，道清徽師只餘一口氣息了。由新竹匆忙趕到醫院時，十一點二十分整，老師已在三十分鐘之前大去。芳英、曉楓、玉蕙學姐已為老師洗淨了身子，換穿上平日最喜愛的紫色旗袍，曉楓姐臨時買了條豆沙紅枕巾給老師墊著，床前的粉紫花束，是中明二師兄安置的，大師兄中斌則默默唸誦著佛經。我們

在旁守護陪伴了四小時，沒有人想到下一步要怎麼做，沒有人想要移動老師、離開老師，我們只想靜靜的送老師一程，送她遠離病痛、遠離孤寂。

這是我第二次看見中明師兄，第一次距今已十七年，是師丈的大殮之日。那天老師一直強作鎮定，偶而還向我們叨念叨念。而當中明師兄數著師丈的舍利子時，在飛揚的煙灰和秋陽的映照下，我清楚的看見老師汗涔涔也淚涔涔。不知老師到底是以怎樣的心情送走師丈的，而今他們之間的一切，也已盡歸塵土了。王叔岷老師曾說：「林先生（師丈）是水滸中人，而清徽是紅樓夢裡的。」當我們追問清徽師最像紅樓哪家女子時，叔岷師未再多言，而我等自能會得其意。

老師是這樣的真心直性，脾味不投者不願相往來，任何人只要言談神色之間稍欠真誠，老師便不能隱忍而必欲以言語激之。老師的言談風格是屬於北平的，北平人說話從咬字捲舌到遣詞用句都客套婉轉，但盤旋迂迴中自有其鋒銳的傷害力。這種以近千年京都文化為底蘊所培養成的習氣，任誰也無法憑空學來，更何況老師在北平風調之外，更還有由個人性情及生活經歷所積累而成的特殊氣性。這獨特的語言格調，有時確實會令人消受不起，但是在這清濁不分的時代裡，能存此真性情且直抒其情者又有幾人？老師特別愛看丑角兒戲，大概和小花臉多用辛言辣語嘲諷人情有關吧。同時，丑角在冷眼看盡世情之後轉以突梯滑稽之姿遊戲人間的態度，或許也是老師所喜愛甚或嚮往的生活方式吧。

不過老師終究是看不開的，她只是常說俏皮話，其實一點也不能以遊戲的態度面對人生。姜白石的「萬里乾坤、百年身世，唯有此情苦」詞句，是老師特別喜歡講述的，其實也正是她一生的寫照。種種難言的羈絆糾纏，老師從不明言，卻總將一切遺憾慨嘆指向遙遠渺茫的北平，北平似為老師一世情根之所繫。開放大陸探親後，老師以垂暮羸弱之軀踏上了返鄉之路。對於老師的夙願得償，我們這些弟子們其實是擔憂超過高興，她老人家禁受得起四十年時空變異的衝擊嗎？果然老師歸來後所寫的〈還鄉曲〉劈頭即說道：「盼到

還鄉不見鄉，還鄉事事斷人腸」！巍峨宮牆、長城萬里，乃至於琉璃廠的翰墨書畫古董文物，都是老師文學藝術的涵融、浸潤、養成之所，而今卻是「城郭人民皆非是，飲食起居少舊章」，四十年來朝夕思念的兄弟，「八日匆匆悵來去，相見茫茫別茫茫」，而最深沉的哀痛還在於：「我在異鄉為異客，還鄉視我猶異鄉」！

　　返鄉歸來，老師更加蒼老衰弱，終日懨懨不肯進食，連俏皮話都少了。入院治療之後，我每次前往探視時渴望能再聽到老師的幽默語，甚至想聽她罵罵我、數落數落我。可是老師已不再言語，也始終不睜開眼睛，只有在我撫摸她的額頭時，淚水會自眼角流下。老師選擇沉默來面對她生命的最後一段路，而在這段無言的日子裡，竟然還有一次奮力的高呼。那是被玉蕙姐推著去作檢查時，行經醫院大廳，老師突然用盡了全力不斷呼喚著「清常！清常！」清常是老師弟弟的名字，身在北平。在油盡燈枯之際，我不知道老師心裡在想些什麼，或許只剩下了北平。而清徽師逝去後，以北平為文化修養長成之所的那一個世代，也已隨之而去了。

　　　　　　　王安祈序於清大中文系研究室，民國八十六年元月

第一章　緒　論

第一節　研究動機

晚明文學之研究近幾年來頗爲時賢所津津從事，而在蓬勃的研究成果之外，身爲一個女性學者，對於下列問題，特別引起我的興趣和思索：晚明的這段時期，女性文學作品的編選比之從前，風氣漸開，《四庫全書總目提要》亦云：「閨秀著作，明人喜爲編輯。」〔註1〕那麼在爲人所熟知的李贄、徐渭、湯顯祖、公安派、竟陵派等各領風騷之外，是否婦女也有嶄露她們才華的機會？尤其在這講求性靈的時代，她們將展現何種思想、感情？傳統文人對她們的評價如何？我們又將持以何種繩尺批評？

基於這樣的前提，筆者決定從晚明這個時代選擇一個專題研究，廣泛閱讀之後，發現文學史上多的是父子、兄弟作家，或少數兄妹作家，此類在明清世家大族中亦不乏見，〔清〕沈德潛《吳江沈氏詩集錄》曾援舉數例云：

> 古人父子能詩者，如魏征西之有丕與植，庾肩吾之有信、蘇，許公之有頲爲最著。兄弟則如應瑒、應璩，丁儀、丁廙，陸機、陸雲；至唐之五竇，宋之四韓，稱之尤盛焉。而杜審言之有甫，則祖孫并著；王融前後四世有籍，則祖及孫曾，俱以詩名於時。〔註2〕

然而以女性群體著稱者幾不可尋，而令人欣喜的是晚明江南卻有一個文學家

〔註 1〕見《四庫全書總目提要》卷一九三‧集部四十六總集類存目三〈名媛彙詩〉條。

〔註 2〕引自李眞瑜〈明清吳江沈氏文學世家略論〉一文，載《文學遺產》，1992年第2期，頁71。

庭，是以母女閨秀聞名，包括母親沈宛君、長女葉紈紈、次女葉小紈、三女葉小鸞，一門聯珠，唱和自娛。且父親葉紹袁又將家族的作品合刻爲一集，名爲《午夢堂集》。

由於以往對於女性文學史的研究，歷來以「點」爲研究的，大都止於眾所熟知的薛濤、魚玄機、李清照、朱淑眞、柳如是、陳端生……。但單純對個別傑出才女的重視與研究，事實上是無法替代對中國古代婦女文學整體面貌的認識與把握的，更何況，了解才女們之創作生涯，探究她們的感情世界，無疑也是中國歷史文化研究的必要組成部分。冀勤女士〈葉氏一家及其《午夢堂集》的流傳〉中即指出：

> 《午夢堂集》便是葉紹袁於崇禎九年（西元 1636 年）爲其妻女等人所精心編輯的一部詩文全集。其中包括葉紹袁夫人及其子女的詩詞集七種，其他選集兩種，餘爲葉氏本人之作，共保留了近百人的作品，對研究晚明社會和文學、人情和習俗，自是一份珍貴的資料。〔註3〕

基於相同的體認，便擇定《午夢堂集》爲探討對象，進行各章節的析論。由於種種原因，中國古代女性的創作一般來說，藝術性方面的價值也許比不上男性作家整體的光彩，然而這些終不該成爲將其遺忘的理由。故筆者以女性讀者的立場來從事女性作品探討，若能爲女性作品作持平之評價，使女性作品在文學史上得到應有的地位，不僅可以補足文學史上的缺漏與不足，更可以持公開公平的立場建立女性文學史，亦即清代才女王端淑所謂之「以閨閣可否閨閣，舉其正也。」〔註4〕

第二節　前人研究之回顧

關於《午夢堂集》的研究，1997 年前僅有冀勤女士發表於《文獻》季刊》西元 1990 年第 3 期的〈葉氏一家及其《午夢堂集》的流傳〉、西元 1993 年第 3 期〈關於《午夢堂集》及其佚文〉，以及同期的鄧長風〈關於葉紹袁家世資料的幾點補正〉三篇。前者對葉氏家族的生平做了簡單描述，又因其地利之便，掌握了不少版本，列了簡表以利比對，可供讀者對版本流傳做一番檢視。

〔註 3〕見《文獻》，1990 年第 3 期，頁 253。
〔註 4〕見王端淑評選《名媛詩緯初編‧凡例》。

再者，冀氏從其他選集中所輯出的葉氏家族作品，也是可資研究的材料；後者則針對前者予以補正，著重在葉氏家世資料方面。而兩者對於作品的分析則付之闕如。職是之故，筆者欲以此爲基礎，再作擴充修正，目前以筆者所見資料增補其版本簡表，詳見〈附錄二・《午夢堂集》版本敘錄〉，並製成〈附錄一・葉氏家族事蹟表〉。〔註5〕

再者，葉紹袁本身的著作《自撰年譜》、《續譜》、《別記》、《甲行日注》，合爲《葉天寥年譜》，相關之研究論文甚少，而對葉氏母女的專門研究，最早成專篇論述的則僅八木澤元的〈葉小紈〉（收在《明代劇作家研究》，頁 475～525）及夏咸淳〈葉小鸞〉（收在《十大才女》，頁 114～128），其餘資料則散見於各種女性文學史或輯著上，〔註6〕筆者欲統合這些資料，再配合作品本身論述，以史爲經，以文爲緯，希望能達到全面且深入的探討。

至於葉燮，可說是葉氏子女中最爲人熟知的，除重要詩話《原詩》外，還有《已畦集》、《已畦瑣集》等。雖然在姊姊葉小鸞、葉紈紈、母親沈宜修相繼去世時，年僅七、八歲，對當時母、姊行誼或許不太了解，但日後他亦爲《午夢堂集》的傳刻盡了一番心力，曾輯《午夢堂詩鈔》，其中所新附之葉小紈的作品《存餘草》，也是不容忽略的參考資料。〔註7〕

第三節　本論文進行之方式

本書最感困難之處，在於處理的材料是多人多作品的家族合集，最希冀

〔註5〕 本表參考文獻理應包括《吳中葉氏族譜》，然據鄧長風一文表示該書現藏於美國國會圖書館，未及參見，暫付闕如。

〔註6〕 如蘇之德《中國婦女文學史話》中有〈母女作家〉一篇，香港：上海書局，1963年 11 月初版，頁 86～91。周宗盛，《中國才女》中有〈沈宜修痛悼愛女〉，臺北：水牛，1986 年 7 月 3 版，頁 249～265；他的另一本《詞林探勝——其人、其事、其詞》中有〈絕世才女葉小鸞〉，臺北：水牛，1992 年 11 月 2 版 2 刷，頁 289～298。戚宜君，《中國歷代名女人評傳》第四冊中有〈沈宜修母女貌美才逸〉，臺北：黎明文化事業股份有限公司，1992 年 5 月初版，頁 205～210。另有孫康宜教授指導的學生所寫的英文報告：Wang, Chung-lan. " The Tz'u Poretry of Shen I-hsiu, Yeh Wan-wan, and Yeh Hsiao-luan." Term Paper, 1990.

〔註7〕 歷來研究葉燮者多著重於其《原詩》對詩歌理論的整理與闡發，涉及其詩文作品的研究並不多，國內也未見有何圖書館藏有《已畦集》，筆者根據八木澤元《明代劇作家研究》的提示，知道日本內閣文庫有其全集，並附《午夢堂詩鈔》，《存餘草》也在其中（本人所見《存餘草》爲冀勤女士手抄贈本，係抄自北大圖書館藏本）。

的是有一個核心問題來引導論文寫作。針對《午夢堂集》的內容,我們可以很清楚地看出這是葉紹袁為逝去的妻女編撰的紀念集,集中作品可大致分為三類:

一、葉氏母女的作品:沈宜修《鸝吹集》、《梅花詩》;葉紈紈《愁言》;葉小紈《鴛鴦夢》、《存餘草》;〔註8〕葉小鸞《返生香》;沈宜修輯當時婦女作品《伊人思》。

二、子女親友的悼祭文章:世佺、小紈等哭母哭姐之作《屺雁哀》;當地婦女名媛悼亡之作《彤奩續些》上卷;葉紹袁《秦齋怨》、《彤奩續些》下卷、《窈聞》、《續窈聞》、《瓊花鏡》。

三、兩位愛兒的遺作:葉世佺《百旻遺草》、葉世傛《靈護集》。

整部文集的焦點是在葉氏母女身上,所以,本書便提出「女性作品」為探討的核心。

一般對「女性作品」的定義,就作者身分而言,是指專由女性作者所寫的作品,內容或許有關、或許無關於女性意識,但是因為是女性自己的作品,所以稱為「女性作品」。另一種則是就題材而言,即作品中以女性為重心,敘述的是女性專有的感情、意識及其生活世界中的一切,而此處作者不必限於女性,男性作家的女性論述也可包含其中,都可以稱為「女性作品」。毫無疑問地,由葉氏母女及當時附近地區婦女名媛所寫之作必然屬於第一種定義的女性作品。另外,值得思考的是:由男性親友對薄命紅顏所寫的悼亡作品能不能做為研究參考的資料呢?今人馬積高在其編選《古今哀祭文賞析》序文中表示:

> 人們在面對死去的親朋好友或所敬仰的人時引起的思想感情往往是非常複雜和強烈的,死者的整個一生及其與作者的關係都會全部呈現在作者的面前,引起作者理性上的思考和感情上的激盪,所以,除了少數奉命作的官方的文字和某些應酬性的文字外,凡出自作者真情實感的哀祭文大都有著某種激動人心的內容,被哀悼人的平生遭遇、事業不平凡或與作者的關係特別密切,則激動人心的內容往往就更多。它們不但能使我們看到人的豐富的感情世界,往往還可以引起我們對人生價值和人際關係的深沉的思考。

〔註8〕小紈因享年較久,其作品並不在《午夢堂集》初刊之列;但後刊之版本皆收,以符家族合集之義。

誠如上文所云，那麼在《午夢堂集》中的悼亡諸作，雖然有百分之六十出自男性作家，但我們可藉著他們的筆端更加了解葉氏母女眞實行誼、風範、德操，所以筆者仍援用這些資料作爲立論之輔助，經由他們的描述記載，更有助於我們明白女性生活的眞實面貌，亦能釐清其作品思想風格。但要進一步說明的是，這些男性作家的作品在本論文中，並非主要研究資料，若不能對葉氏母女的作品分析有任何的補充或加強，則不具女性題材之研究價值。此外，本論文爲了要凸顯葉氏母女的主場，免不了有其主觀選擇，對於葉氏家族並不是採取全面的觀照，雖然《百旻遺草》、《靈護集》離筆者要探討女性作品的範疇較爲偏遠，但是他們都在一個家庭內，同受父母之恩，環境一樣，教育背景相似，故可以此男性作品參照討論葉氏母女作品，只是探討的重心有別。而葉紹袁本身乃是編輯《午夢堂集》的靈魂人物，加上享年較久，是故其悼亡作品《秦齋怨》、《彤奩續些》下卷便多所著墨。論文題目訂爲「《午夢堂集》女性作品研究」，而作品不單指出自女性之手，如果能增進我們對於葉氏母女的了解，亦是本文討論範圍。

第二章介紹葉氏家族成員、生平交游及時代背景。這一章筆者採用歷史傳記的研究方法，從作品中所反映的社會現象進行考述，整個明末的江南社會是多元的，筆者不太可能一一探討，只擇取其中相關部分來論述：一、江淮地區文人結社之風；二、葉氏家族與當時文學界的互動關係；三、女性作品編選風氣的影響。相信這種歷史現象的探討可以幫助我們對作品有深一層的了解。

接著面對作品本身，除了先作目錄解題，再簡單探討流傳版本。至於版本上的專門考究（如版面、版心、邊框、題款等）非本文所欲探討之範圍，故略而不談；筆者是利用各種類書、傳記、索引、書目等資料及寓目所得，在可能範圍內，建立其版本流傳的系統，此章是透過既有的研究成果，再對相關的圖書文獻作更進一步的整理及驗證。

四、五兩章是本書論述重心所在，藉著分析與歸納而進入《午夢堂集》中女性纖細敏銳的有情世界。檢視《午夢堂集》中二千多首詩、詞、曲，數十篇賦賦、騷、文、序，一齣雜劇，在如此數量龐大且種類繁多的作品中，發現有兩大主題是始終不斷出現的，那就是「生」與「死」。就「生」而言，筆者整理出四個題材是葉氏母女最常使用的，亦即「女性情誼」、「夢」、「梅花」與「鏡子」，因此在四、五章中便依此四種題材論述。筆者將從其遣詞用

字、意象經營，探討其詠歎、寄託的象徵意義，並藉此探討葉氏母女展現的生命情境又是如何。就「死」而言，則從三方面來談，首先探討其生命中為何充滿窮愁貧病的況味？這與死亡陰影的籠罩是否有關？次者論析生者對於死者哀切的悼祭文章中，隱含著如何的想望。最後談的是葉氏家人對死亡的看法與究心佛禪之間的關係。除此兩大主題之外，另從兩方面來思索：女性作品的意象塑造與女性經驗的書寫傳統，以期更完整的呈現葉氏母女的文學成就，以及所承繼的文學傳統。

第六章餘論。先總結歷來的評價並加以商榷，試圖給予《午夢堂集》一個深中肯綮的評價。次者申述葉氏母女在後代文學中所呈現的綽約風姿，以明其餘韻尚不絕如縷，並反映後代人們的鑑賞眼光與品味。

總之，《午夢堂集》所敘述的雖僅是葉氏家族日常之生活，然無不記事生動，狀景生輝，抒情動人，值得詠之再三。希望透過本書的論述，具體了解葉氏母女的生活面貌，日後庶幾可以進而對整個晚明時代文學中的女性主題做全面性的探討。

第二章 《午夢堂集》作者及其時代背景

　　本章第一節先對葉氏家族的成員、生平做一簡介，再依葉紹袁《年譜》製作簡表，見〈附錄一・葉氏家族事蹟表〉。第二節探討江淮地區文人結社的風氣，以見葉氏母女及家族與當時文學界的互動關係，焦點集中於與其姻親沈氏家族（沈自徵、沈自炳……）的往來。本節最後則是探討女性作品編選風氣的影響及《午夢堂集》編選的動機及其意義。

第一節　葉氏家族成員及其生平

葉紹袁（西元 1589～1648 年）

　　字仲韶，號粟庵，又號天寥道人。江蘇吳江人，工詩與散文，其父無祿早世，過嗣袁紳家爲後，故名紹袁。天啓元年（西元 1621 年），科試二等第十八名，五年與袁儼同舉進士三甲，歷任南京武學教授（西元 1627 年），北京工部虞衡司主事（西元 1628 年），又領江南催胖衣差（西元 1630 年），簽管北京朝陽門城守（西元 1631 年）等官。外祖及兩弟皆舉進士，三龍並耀，鄉里稱榮。葉家是書香門弟，紹袁自幼酷愛文學，只是迫於母親慈命，不得不硬著頭皮去啃無味的八股，後來總算中了進士，做了官，完成了光宗耀祖的使命後，就因厭倦政務，以母馮氏年高，辭官返鄉。絕意仕進以後，不重榮利，益甘淡泊。妻女早逝，軍亂家破，貧病不支，生活愈加艱難。弘光元年乙酉（西元 1645 年），清軍占據吳江，葉紹袁便於八月二十五日率世侗、世倌、世俚三子，棄家入杭州之皋亭山，剃髮隱遁爲僧，自號華桐流衲，又號木拂。《甲行日注》中又曾自署：華桐游衲木拂、雨山游衲木拂、一字浮衲木拂、茗香客衲木拂、松震巢衲木拂。所謂「流衲」、「游衲」、「浮衲」等，

無非表示他的飄泊無依。清順治五年卒於平湖孝廉馮兼山之別墅耘廬，享年六十歲。其作品除《午夢堂集》輯入者（《秦齋怨》、《彤奩續些》、《窈聞》、《續窈聞》、《瓊花鏡》）以外，尚有《自撰年譜》一卷、《續譜》一卷、《別記》一卷、《甲行日注》八卷，合爲《葉天寥年譜》。《甲行日注》乃明亡後紹袁所作之日記，起於乙酉（西元 1645 年）八月二十五日（甲辰），止於戊子（西元 1648 年）九月二十五日（丙戌）。作者在甲辰日出行，「游方外以避」（見《甲行日注》序），故名「甲行」。另樂天居士所輯之《痛史》叢書第十三種《啓禎記聞錄》八卷，卷首有作者葉天寥之自序，全書係對明天啓元年至清順治十年之間，有關耳聞目見之事的記錄。〔註1〕又嘗注《金剛經》、《參同契》與《楞嚴經集解》，已佚。自稱尚有《櫚塵集》，未見。葉燮云有《緯學辨義》四卷，《吳江縣志》云尚有《讀史碎金》、《風逝紀事詩》，均未見。

沈宜修（西元 1590〜1635 年）

字宛君，副都御使沈珫之女，著名曲家沈璟之姪女，工詩詞，沈家爲吳江甲族，世有文采，沈璟兄弟五人都中萬曆朝進士，爲官有聲，一門風雅，人才濟濟，故宛君亦自幼工詩文。與紹袁於萬曆三十三年（西元 1605 年）成婚，生有五女八男，俱有文采。沈氏在失去三女小鸞、長女紈紈、次子世偁、八子世儋，婆婆馮氏又去世之後，終因哀痛過度，於崇禎八年卒，年四十六歲。著有《鸝吹集》、《香雪吟》，輯有《伊人思》。

葉紈紈（西元 1610〜1632 年）

字昭齊，長女。父母婚後五年出生，備受寵愛。工書法，小楷尤精。十七歲（西元 1626 年）與袁儼之子成婚，次年隨翁赴官嶺西。未久，翁卒，復隨姑返鄉，家道由盛轉衰。三妹去逝時，返家哭妹，一慟而亡，年二十三歲。著有《愁言》。

葉小紈（西元 1613〜1657 年）

字蕙綢，次女。曲壇盟主沈璟孫媳，諸生沈永禎妻。幼與姊妹常以詩詞

〔註1〕 今人鄧長風〈關於葉紹袁家世資料的幾點補正〉中對《啓禎記聞錄》有詳細之辯證，並與《甲行日注》參互校對，發現記載出入頗大。認爲兩書不可能同出於一手。而且，在《吳江縣志》卷三十一〈節義〉中的葉紹袁及卷四十六〈書目〉中葉紹袁著作敍錄皆未提及本書，而《自撰年譜》、《續譜》中也不曾道及，故懷疑本書乃僞託，而卷首葉紹袁的序則抄襲《自撰年譜》而來，除此之外找不出任何出自葉紹袁之手的證據。

唱和，後姊妹相繼夭歿，傷痛之餘作《鴛鴦夢》雜劇以寄意，沈自徵謂其韻腳俊語，不讓貫酸齋、喬夢符。詩作極多，晚歲汰存二十之一，名曰《存餘草》。卒年四十五歲。

葉世佺（西元 1614～1658 年）

字雲期，長子，享年四十五歲。

葉小鸞（西元 1616～1632 年）

字瓊章，又字瑤期。三女，生方六月，就因家中貧困乏乳，由舅父沈自徵、舅母張倩倩撫養。張氏卒後，復返家中。三、四歲，舅父母口授《萬首唐人絕句》、《花間》及《草堂》諸詞，皆朗然成誦。十三歲，填詞賦詩，見者炙口，能琴善畫，許字福建左布政使昆山張維魯之長子立平，張氏亦早有文名。然小鸞於婚前五日，突以微恙忽逝，卒年十七歲。著有《返生香》。

葉世偁（西元 1618～1635 年）

字聲期，次子，七歲就外塾，十三歲學操觚，十五歲出試。後其父攜同應試，忽嘔血不起，卒年十八歲。工詩，著有《百旻遺草》。

葉世傛（西元 1619～1640 年）

字威期，三子，邑諸生，法名靈護，工詩，崇禎十三年死去，年二十二歲，著有《靈護集》。妻沈憲英，工詞。

葉世侗（西元 1620～1656 年）

字開期，四子，歿於清世祖順治十三年（西元 1656 年），年三十七歲。侗之子有舒崇，是清聖祖康熙十五年（西元 1676 年）的進士，官中書舍人。

四女失載。

葉世儋（西元 1624～1643 年）

字遏期，又字書期，五子，生於天啓四年，死於崇禎十六年，年二十歲。

葉小繁（西元 1626～？）

字千瓔，又字香期，五女，工詩，崇禎十四年（西元 1641 年）嫁王復烈。

葉世倌（西元 1627～1703 年）

字星期，後改名燮，號已畦。六子，隨父出家至杭州皋亭山。清世祖順治三年（西元 1646 年）在杭州成婚。清康熙九年（西元 1670 年）進士，官

寶應知縣，退官後集徒講詩，在詩文上獨創新說，名詩人沈德潛便是他的門人。葉燮是著名的詩論家，因《原詩》而蜚聲文壇，著有《已畦集》、《已畦瑣語》，參與編撰《吳江縣志》、《寶應縣志》、《陳留縣志》、《儀封縣志》等，《清史‧文苑傳》有傳。晚居橫山，又稱橫山先生。

葉世偁（西元 1629～1656 年）

字工期，又字弓期，七子，隨父出家至杭，讀書皋亭山，與四兄誤食毒菌而卒，年二十八歲。

葉世儻（西元 1631～1635 年）

八子，與母同年卒，僅五歲。

《午夢堂集‧靈護集》周永年序云：

> 仲韶多子多才，男也太沖，女也左芬，男也鮑照，女也令暉，內集而講論文義，眞有謝太傅之笑樂。

可謂一門風雅，多子多才。

第二節　葉氏家族所處之時代背景

一、江淮地區文人結社之風

有明一朝，無論政治舞臺上之官吏，或江湖在野之知識分子，皆好結黨社。前者結黨相汲引以排除異己；後者則視結社爲文人雅聚。而結社除可學習制藝外，亦可以文會友，擇交知己。此風甚盛，王應奎《柳南隨筆》云：

> 自前明崇禎初至本朝順治末，東南社事甚盛，士人往來投刺，無不稱社盟者。〔註2〕

斯爲實錄。至明末清初則轉以抒寫舊國之情爲主，楊鳳苞《秋室集‧書南山草堂遺集》一文說：

> 明社既屋，士之憔悴失職、高蹈而能文者，相率結爲詩社，以抒寫其舊國舊君之感，大江以南，無地無之。其最盛者，東南則甬上，三吳則松陵。〔註3〕

〔註2〕轉引自吳宏一，《清代詩學初探》，頁17。
〔註3〕同註2。

而值得我們聯想的是晚明葉氏母女就居住在吳江一地，吳江古稱松陵平望，正是文風鼎盛之地。而文風鼎盛是可以從客觀數據上得到印證，明代文學家籍貫可考者共 1340 人，分布於當時的 114 個府（州），蘇州即占了 195 人，而吳江即包括在此一人文薈萃的區域範圍，〔註4〕而且明代文人結社之盛，前所未有。因此，葉氏母女相互唱和酬酢的生活情趣之表現，除與其自身學習環境有關外，時代結社風氣亦有相當影響，尤其她們正處於崇禎初至順治末社事最盛的時期。這個時期也是閨秀合集最盛的年代，各方所有紛至沓來，包括文名藉甚的商景蘭與王端淑，她們內與詩書為伍，染翰濡毫，外則結社吟詠，刊有詩作，一時才女輩出。〔註5〕又，據郭紹虞〈明代的文人集團〉〔註6〕一文，共考出一百七十六個集社，其中雖不包括葉氏母女，但從《午夢堂集》記載中，我們可以知道，她們雖無結社之實，卻有社集之活動，如葉紹袁《自撰年譜》云：

> （崇禎）四年辛未（西元 1631 年），三十一歲八月，仿李滄溟〈秋
> 日村居詩〉八首，即其原首，宛君和之。三女昭齊、蕙綢、瓊章暨
> 長兒世佺，俱屬和焉。〔註7〕

故一行道人謂之「居恆賡和篇章，閨範頓成學圃」，〔註8〕從大量的詩中也可知其活動地點在女兒的「疏香閣」或「芳雪軒」中。

而與沈宜修最為親密的兄弟沈君庸，則實際有結社之舉，葉仲韶《別記》云：

> （天啟）壬申（西元 1632 年），君庸在新安，偕友人作紅葉社。〔註9〕

沈宜修、沈君庸又出自當時沈氏文學世家，儼然也是吳江派的一分子，因此，沈宜修課女作詩填詞，從事文學唱和之文學雅事，實乃意料中事。

二、葉氏家族與當時文學界的互動關係

沈宜修乃吳江沈氏文學世家一分子，論葉氏家族與當時文學界的互動關

〔註4〕　參見曾大興《中國歷代文學家之地理分布·明代文學家的地理分布》，頁 287
　　　　～364。
〔註5〕　參見孫康宜著，李奭學譯，〈明清詩媛與女子才德觀〉，《中外文學》，第 21 卷
　　　　第 11 期，1993 年 4 月，頁 52～81。
〔註6〕　見郭氏《照隅室古典文學論集》，頁 342～434。
〔註7〕　見葉紹袁《自撰年譜》，頁 29。
〔註8〕　見一行道人大榮〈葉夫人遺集序〉，收於《午夢堂集》，頁 2。
〔註9〕　見葉紹袁《別記》，頁 19。此條，八木澤元《明代劇作家研究》第九章〈葉小
　　　　紈〉誤繫於壬申年（西元 1634 年）。

係，當然必須將其擺回沈氏文學世家來談。〔註10〕

清乾隆間沈祖禹和沈彤爲自己的家族編輯《吳江沈氏詩集錄》，沈彤後序云：

> 有處而立孝悌仁廉禮讓之行者，有出而匡君濟民者，有不得志而激
> 于時事者，有澹焉以圖書自娛者，有寄託于空玄花鳥棋酒音律之中
> 者，更有徒倚閨房傷離而痛死者……。〔註11〕

所謂「更有徒倚閨房傷離而痛死者」，指的即是沈宜修。又康熙間沈氏世家成員沈時棟編選的《古今詞選》，收有沈宜修、葉小紈的作品若干。凡此皆顯示沈宜修雖爲女子，卻是沈氏世家中重要的一員，絲毫不讓鬚眉，而女兒葉小紈嫁的又是沈璟長孫永禎，而沈璟與其父沈玖，鄉里譽爲「沈家五鳳」之二，足見沈葉二家淵源之深。

且沈宜修嫁給葉紹袁後，顯然與沈家仍保持密切聯繫，尤其是與沈自炳（君晦）、沈自徵（君庸）兩個弟弟之間，大量的寄詩、和詩，如：

〈夢君庸〉（鸝7）〔註12〕

〈寒食送君晦西歸〉（鸝22）

〈思君庸〉（鸝23）

〈仲夏別君晦弟〉（鸝23）

〔註10〕李眞瑜〈吳江沈氏詩集錄集外作家匯考〉一文云：「明清兩代的許多著名文學家如唐順之、茅坤、梁辰魚、焦竑、湯顯祖、吳偉業、錢謙益、汪琬、陳維崧、李玉、李漁、顧炎武、歸莊、葉燮、戴名世、方苞等，也都與沈氏文學世家有不同程度的交往。」是從整個沈氏文學世家的文壇交往情況立論，本節則縮小範圍，以葉氏母女交際圈爲主。

〔註11〕轉引自李眞瑜〈明清吳江沈氏文學世家略編〉，《文學遺產》，1992年第2期，頁74。

〔註12〕見沈宜修〈夢君庸〉，收於《鸝吹集》，頁7。以下爲了行文簡明扼要，所引詩歌出處直接附於文末，如《鸝吹集》第6頁：以（鸝6）代註，《返生香》頁12：以（返12）代註，依此類推，簡稱如下：

鸝吹集：鸝	鴛鴦夢：鴛
存餘草：存	伊人思：伊
返生香：返	靈護集：靈
續窈聞：續	瓊花鏡：瓊
屺雁哀：屺	秦齋怨：秦
梅花詩：梅	
愁言：愁	窈聞：窈
百旻遺草：百	鸝吹附集：鸝附
彤奩續些卷上：彤上	彤奩續些卷下：彤下

〈憶君庸弟〉（鸝 35）

〈暮春別君晦即和所貽之韻〉（鸝 37）

〈春半憶弟〉（鸝 59）

〈君晦新婚〉（鸝 65）

〈和君晦〉（鸝 107）

〈寄君晦〉（鸝 121）

〈桃源憶故人・寄君晦〉（鸝 123）

〈瑤池燕・和君晦韻〉（鸝 126）

〈君庸屢約，歸期無定，忽爾夢歸，覺後不勝悲感，賦此寄情〉（鸝 133）

〈對雪憶君晦，寄六妹〉（鸝 134）

〈風入松・思君晦〉（鸝 139）

又，在《彤奩續些》上卷悼挽昭齊、瓊章作品的作者，如沈智瑤（宛君妹）、沈華鬘（君晦次女）、沈蕙端（沈璟孫女）、沈倩君（沈璟季女）等，都與沈宛君存在著血緣關係。而「晚年學佛，自號一行道人，嘗爲宛君序遺集」（《沈氏詩錄》云）的大榮，即沈璟長女。另外，沈君庸、張倩倩夫婦與葉家關係又更深一層。張倩倩乃宜修之姑的女兒。宜修少長於其姑，倩倩僅小宜修四歲，後倩倩歸君庸，生子女，皆不育，遂女宛君之季女瓊章，教之以《毛詩》、《楚辭》，三十四歲病卒，時瓊章十二歲。足見兩家感情之深，已澤及女兒輩。這就是爲何瓊章亡，沈宜修悼其女，追懷倩倩，爲倩倩作傳，並錄瓊章所寄詩，附傳中。

　　葉氏母女兩代皆與沈氏世家有血緣之親，因此，她們的文學素養其來有自，也就不難理解了。乾隆《吳江縣志》卷三十八認爲世家子弟之文化素養常得自兩方面，即：

　　　聞風興起，猶知以倫常爲人品，經史爲學問，詩賦古文先正制義爲

　　　辭章。蓋非得于師友之淵源，即得于家庭之傳習。〔註 13〕

沈宜修之父及其父執輩皆擅詩文詞曲，故沈宜修得以浸濡有染；而沈宜修親授女兒功課外，又視小鸞爲與己言詩之「小友」，可知葉氏母女非但得於師友、

〔註 13〕見《乾隆吳江縣志》卷三十八，頁 1121。

家庭之淵源與傳習，彼此的關係也是亦師亦友。

又，《靈護附集》卷首，葉紹袁云：

> 不肖有小啓，奉求名賢，垂光幽壤，聊伸永痛，惠激椽筆，尚寥寥
> 也。容俟續刻。今以至親近戚，及自一家哀悼之作，先綴於此。

第一首作品之作者即周永年（安期），他在《靈護集》序中曾提到「吾父執臨川先生」，而葉紹袁在崇禎十四年（西元 1641 年）五月曾同周永年在沈自友（君張）家觀賞女樂演出雜劇及玉茗堂諸本。周氏既爲「至親近戚」，則其父執湯顯祖多少亦可能跟沈家、葉家有來往。

另外，《鸝吹集》中出現的李玉照、沈憲英、沈倩君等，〔註14〕也與葉家有親戚關係。除以上所舉人物外，她們的生活圈子亦常有其他女子之雅集與唱。如《伊人思》中所輯方孟式、沈紉蘭、黃幼藻，《彤奩續些》上卷之黃媛貞、黃媛介、黃德貞三姊妹，以及沈媛、周蘭芳母女、吳山、王徽等數位名媛，其中大都有作品結集，如沈紉蘭有《效顰集》、黃媛貞有《臥雲齋詩集》、黃媛介有《湖上草》、《如石閣漫草》、《離隱詞》、黃德貞有《劈蓮詞》、吳山有《青山集》，而且黃媛介作品曾爲牧齋、梅村稱異之、吳山作品魏禧曾爲之作序、梅村〈西泠閨詠序〉更稱其詞「其詞幽閑，才情明惠。」在在說明了葉氏母女雖爲閨中女子，但身爲沈氏文學世家的一分子，她們的表現並不遜色，且在其女子天地中，所交亦非泛泛之輩。又，《列朝詩集小傳》云：

> 松陵之上，汾湖之濱，閨房之秀代興，形管之詒交作矣。〔註15〕

可謂一門風雅也！

三、女性作品編選風氣的影響

晚明女子作品，士大夫選編成集，書坊爲之刊刻，成爲時代風尚，反映了女性創作的興盛與被重視。〔明〕田藝衡《詩女史》序云：

> 男子之以文著者，固力行之緒華，女子之以文鳴者，誠在中之閒秀。

〔註14〕吳江沈氏家族閨閣文風頗盛，沈宜修從妹沈靜專，字曼君，吏部沈璟之女，有《適適草》、《鬱華樓草》。宜修弟沈君庸繼室李玉照，字潔塵，有《無垢吟》。宜修弟沈君晦長女沈憲英，字惠思，葉世侗之妻，有《惠思遺稿》，其妹沈華鬘，字端容，有《端容遺稿》。沈淑女，字少君，沈君張之女，有《繡香閣集》。又，宜修妹沈智瑤、從妹沈倩君、表妹張倩倩，皆能詩。

〔註15〕《列朝詩集小傳》，頁 753。

成周而降，代不乏人，曾何顯晦之頓殊，良自采觀之既闕也。〔註16〕

即已自覺到女性作品的散佚乃「采觀之既闕」，因此，著手編輯女性作品選集，就是重視女性作品的表現。《名媛彙詩》朱之蕃序亦曰：

> 宇宙清淑之氣，洩爲文章；乾坤變化之神，彰於聲律。杏壇刪述，
> 兼存里巷之謠；彤管流傳，總屬閨閣之秀。彙輯雖勤於哲匠，搜羅
> 每嘆夫遺珠。嘗九鼎於一臠，固云知味；訪十州於八極，更足賞心。
> 欲成鉅麗之奇觀，應待深心之逸士。〔註17〕

也都以爲閨閣之製亦有可觀足傳後世者，只是散佚未彙罷了，所以他們起而從事蒐輯的工作。

　　同時，編者在肯定閨閣之製的文學價值之餘，亦不忽視其「興觀群怨」的教化功用，如《古今女史》趙世杰序云：

> 吾不知女才之變，窮于何極，而所遘之變漸多，或事同而前後殊狀，
> 或情一而淺深殊態，併時代之升降，才伎之俊淑，影樣具見于毫楮，
> 一寓目而興觀群怨，皆可助揚風雅。〔註18〕

甚者，或以爲其作品堪與典謨訓誥並垂不朽，如《女騷》趙時用序：

> 余案牘之暇，一披閱之，翻然神竦，躍然頤解，乃慨然爲之題曰：
> 茲刻也，庶幾與典謨訓誥，並垂不朽，斯校集之本意也。〔註19〕

雖不無溢美之處，然正足以說明傳統文人對於女性作品在文學史上的定位，已有另一層的體認。《名媛詩歸》鍾惺序更云：

> 今人工于格套，丐人殘膏，清麗一道，頫弁失之，縕衣反得之。鳴
> 呼！梅岑水月粧，肯學邯鄲步，蓋病今日之學詩者，不肯質近自然，
> 而取妍反拙，故青蓮乃一發于素足之女，爲其天然絕去雕飾，則夫

〔註16〕《詩女史》十四卷，田藝衡編。明嘉靖間刊本。上起古初，下迄明代，又拾遺二卷，則輯宋以前人所作，共計三百一十八人。《四庫全書總目提要》謂其考證太疏，疑爲書肆僞託。序轉引自《歷代婦女著作考》，頁876。

〔註17〕《名媛彙詩》二十卷，鄭文昂編。明泰昌元年庚申刊本。上自宮閫戚里，下及荒墅幽閨，凡婦女之作，皆廣羅之。分詩、賦、贊頌、尺牘四類，然訛謬亦沿襲前人，考證頗疏。序轉引自《歷代婦女著作考》，頁881。

〔註18〕《古今女史》二十卷，趙世杰選輯。明崇禎戊辰刊本。凡文集十二卷、詩集八卷。舛訛亦多。序轉引自《歷代婦女著作考》，頁889。

〔註19〕《女騷》九卷，新安蓬覺生輯，幻成子校。明萬曆四十六年戊午（西元1618年），刊本。蒐羅歷代婦女辭章，摘采情詞，拔其尤者裒爲一集。序轉引自《歷代婦女著作考》，頁885。

名媛之集，不有裨哉？〔註20〕

以為閨閣清麗自然的風格對矯正模仿雕飾的俗弊有所裨益。以上種種皆說明了女性作品逐漸受到肯定，而女性作品選集也與當時重性靈、去雕飾的文學思潮同步調。

葉紹袁《午夢堂集‧伊人思》小引云：

然嚶鳴猶切求聲疇，婉變無容同好歟？奚必蓉褂綰釧，榴黛梳釵，碧箽調笙，紅裀按舞，蘖膏鳧翠之旨，梭躧流黃之機，迺稱婦女之事哉？

對傳統所謂「婦女事」的定義發出質疑，進而也對妨害女紅的說法提出反駁，他在《愁言》序云：

婦女之事，〈內則〉備矣，櫛縰笄總外，所佩悅刀礪觿、金燧箴管、線纊帨裳、衿纓綦屨之屬，爰迨饘酏酒醴、芼羹菽麥、棗栗飴蜜、薑苴粉榆兔蔂者，靡不瀸漬以滑之，而不及乎文章歌詠，文章歌詠猶之錦繡纂組，害女紅者也。顧大小二戴，昔稱傅會，而十五國〈風〉自西河被服，概可溯焉。黃鳥金罍，垂徽后姒，肥泉籊竿，標芳衛女，澣衣匪石，寫怨之原，飛蓬樹萱，紓懷之祖，大聖人察性考質，在所不廢，載揆上古，有娥皇娥，真贋未晰，然聲音被乎閭閻，則緜來尚矣。余內人解詩，并教諸女，文彩斐疊，皆有可覽觀焉。

並且也提出了與傳統「女子無才便是德」觀念迥然不同的看法，在《鸝吹集》序中云：

丈夫有三不朽：立德、立功、立言；而婦人亦有三焉：德也、才與色也。……才既不易言，而色欲又諱於言，士大夫又不肯泯泯其家之婦人女子，則不得不舉二者以盡歸之於德，於是閨傳青史，壹列形碑，湘東之管，靡可勝書矣。……蓋其名彌茂，斯其飾彌工，家本膴華，必陳害澣之誦，質弛脂黛，蚤著無非之儀。……低徊聽聞

〔註20〕《名媛詩歸》三十六卷，舊題鍾惺編，明萬曆年間刊本。上自古逸，下逮有明，約四百家，並繫有小傳及評語，體製龐大，雖略備古今，然收採猥雜，舛訛不可悉指，似出坊賈射利所為。《四庫全書總目提要》卷一九三集部四十六總集類存目三〈名媛詩歸〉條云：「舊本題明鍾惺編，取古今宮閨篇什，哀輯成書，與所撰古唐詩歸並行，其間真偽雜出，尤足炫惑學者，王士禛居易錄亦以為坊賈所託名，今觀書首有書坊識語，稱名媛詩未經刊本，特覓祕本精刻評訂云云，核其所言，其不出惺手明甚。」

之餘，幾有無徵不信之慨，則考德故弗若衡才實矣。

而更重要的是《午夢堂集》中的《伊人思》一卷，乃是身爲女性的沈宜修爲保存女性作品所收輯而成的，其卷首云：

> 世選名媛詩文多矣！大都習於沿古，未廣羅今。太史公傳管晏云：
> 其書世多有之，是以不論，論其軼事。余竊倣斯意，既登琬琰者，
> 弗更採擷。中郎帳秘，迺稱美譚。然或有已行世矣。而日月湮焉，
> 山川阻之，又可歎也。若夫片玉流聞，并及他書散見，俱爲彙集，
> 無敢棄云。容俟博蒐，庶期燦備爾。

卷中輯閨秀詩文，原有刻集得十八人，未有刻集，幸見藏本，得九人，傳聞偶及得六人，凡筆記所載，散見諸集，得十一人，附乩仙二人，蒐羅不可謂不多，然其末云：「此類逸於選外者甚多，不能盡蒐合作一帙也，亦恨事耳。」所謂「恨」，不外乎是女性恐其作品散佚之「自覺」。再者，宛君友人黃德貞，亦曾與同代才女歸素英（淑芬）、申蘭芳（蕙）輩爲詞壇主持，共輯《名閨詩選》，〔註21〕足見葉氏家族與當時文壇互動之關係。

　　綜合上述所舉，可知葉紹袁刊刻《午夢堂集》，除了紀念性質外，也與時代的文學思潮存在著互動而緊密的關係。

〔註21〕見胡文楷《歷代婦女著作考》，頁 665～784。

第三章 《午夢堂集》之內容及版本

第一節 《午夢堂集》之內容及卷名釋證

　　《午夢堂集》是葉紹袁在崇禎壬申五年（西元 1632 年）痛失三女小鸞、長女紈紈，悲痛之餘，將其遺集《返生香》、《愁言》出版。豈知禍不單行，再隔一年，母親馮氏去世，次子世倩、八子世儻也相繼去世，妻子宛君受不了如此打擊，終日鬱病，於崇禎乙亥八年秋（西元 1635 年）逝世，葉紹袁為紀念妻女，將其作品暨家中成員的悼念文章合輯斥資出版。現將《午夢堂集》作者、集名目錄簡列於下：

　　　　《鸝吹集》　　　　沈宜修著
　　　　《鸝吹附集》　　　葉紹袁輯
　　　　《梅花詩》　　　　沈宜修著
　　　　《愁言》　　　　　葉紈紈著
　　　　《芳雪軒附集》　　葉紹袁輯
　　　　《返生香》　　　　葉小鸞著
　　　　《疏香閣附集》　　葉紹袁輯
　　　　《窈聞》　　　　　葉紹袁著
　　　　《續窈聞》　　　　葉紹袁著
　　　　《伊人思》　　　　沈宜修輯
　　　　《彤奩續些》卷上　名媛悼什
　　　　《彤奩續些》卷下　葉紹袁著

《秦齋怨》	葉紹袁著
《屺雁哀》	葉氏子女著
《百旻遺草》	葉世侗著
《百旻遺草附集》	葉紹袁輯
《鴛鴦夢》	葉小紈著

以上的目次是根據國家圖書館所藏明崇禎間刊本《午夢堂詩文十種十五卷》三冊，經過筆者再比對其他版本，發覺中央研究院傅斯年圖書館葉德輝藏本的《午夢堂全集》尚有：

《靈護集》	葉世侑著
《靈護附集》	葉紹袁輯
《瓊花鏡》	葉紹袁著

另外，筆者據西元 1990 年第 3 期《文獻》季刊，與冀勤女士取得聯絡，她數年前已點校完畢《午夢堂集》，北京中華書局 1998 年出版。經由冀女士的幫助，複印其他版本未收的作品：

《存餘草》	葉小紈著

如此一來，筆者為了論述方便，再將《午夢堂集》目錄依行文而略加調換如下：

《鸝吹集》	沈宜修著
《鸝吹附集》	葉紹袁輯
《梅花詩》	沈宜修著
《愁言》	葉紈紈著
《芳雪軒附集》	葉紹袁輯
《返生香》	葉小鸞著
《疏香閣附集》	葉紹袁輯
《鴛鴦夢》	葉小紈著
《存餘草》	葉小紈著
《伊人思》	沈宜修輯
《屺雁哀》	葉氏子女著
《彤奩續些》卷上	名媛悼什
《彤奩續些》卷下	葉紹袁著
《窈聞》	葉紹袁著

《續窈聞》　　　葉紹袁著
《瓊花鏡》　　　葉紹袁著
《秦齋怨》　　　葉紹袁著
《百旻遺草》　　葉世侚著
《百旻遺草附集》葉紹袁輯
《靈護集》　　　葉世傛著
《靈護附集》　　葉紹袁輯

這之間會有版本差異，主要是因為《午夢堂集》的性質是為紀念故去的妻兒，而每個人卒年有先後之別，故不可能是同一時期的作品，因此，就連為之作序的人也有所不同，後來出版的序在次第上亦有混淆現象，筆者去其重複，得到五篇有關《午夢堂集》的序：

葉紹袁「丈夫有三不朽……」
葉紹袁「嘗讀齒之詩……」
沈德潛「詩教主於溫柔敦厚……」
葉恆樁「先虞部自致仕歸，屏跡汾湖……」
曹學佺「閨秀詩唐人故不能多……」

前二序是較早版本都有收錄，後三序則是根據清乾隆二十三年重鐫的《午夢堂集八種》，題沈德潛鑒定之本（臺大文學院圖書館存）。以下筆者即根據手邊現有資料逐項介紹《午夢堂集》。

一、葉氏母女及其他女性作品

（一）《鸝吹集》、《梅花詩》沈宜修著‧《鸝吹附集》葉紹袁輯

《鸝吹集》中有沈自徵〈鸝吹集序〉，一行道人〈葉夫人遺集序〉，沈自炳〈伯姊葉安人宛君遺集序〉，上卷中作品有五言古詩四十一首、七言古詩十九首、五言律詩四十九首、五言排律一首、七言律詩九十一首、五言絕句九十三首、六言絕句五首、七言絕句二百二十五首，合計詩五百三十六首。下卷有詩餘一百九○首、偈一首、擬連珠十一首、騷一首、賦三篇、序一篇、傳二篇。另有一卷《梅花詩》百首絕句，古或稱梅花為「香雪」，故又名《香雪吟》，前有沈君晦撰序「蓋比賦閒情，風規麗則；聲詠之道，閨中尚矣。……」《鸝吹附集》則有張魯唯、張世偉、顧咸建的祭文，沈自繼的哀辭，沈自然、李玉照、周蘭英、沈華鬘、沈倩君的挽詩，以及葉紹袁的〈亡室沈安人傳〉。

（二）《愁言》葉紈紈著・《芳雪軒附集》葉紹袁輯

《愁言》本名爲《芳雪軒遺集》，取名「芳雪軒」是因：

> 家有舊室敞甚，余稍修葺之，求一齋名于老父。父曰：「汝庭外梨花
> 數樹，今如此老幹蒼枝，皆汝太翁手植也。我昔與汝翁嚼花醉月其
> 下，今杳不可得矣。王融〈梨花詩〉有芳春照流雪之句，可名芳雪
> 軒。」（愁7）

但是爲什麼要改名爲「愁言」呢？葉紹袁在序中說：

> 詩以愁著，詎忍言哉？曹子建曰：「愁之爲物，惟恍惟惚，召之弗來，
> 推之弗往，粉餹不澤，兼肴不肥，火石不消，神膏不稀，巧笑不悅，
> 絲竹增悲甚矣，夫愁之難釋也。」我女自十七結禍，今二十有三歲
> 而殀，七年之中，愁城爲家。張衡之所未探，繁欽之所莫引，睹飛
> 花之辭樹，對芳草之成茵，聽一葉之驚秋，照半床之落月，歎春風
> 之入戶，愴夜雨之敲燈，悲塞雁之南書，悽霜砧之夕煖，泣錦字之
> 晨題。愁止一端，感生萬族。左貴嬪之詠離思，跂予望之，班婕妤
> 之賦自悼，傷哉悴矣。

《愁言》前有葉紹袁之序：「婦人之事，〈內則〉備矣。……」內有五言古詩四首、七言古詩五首、五言律詩十一首、七言律詩四首、五言絕句七首、七言絕句六十四首、詞十三調四十七首、補遺四首，合計詩九十八首、詞四十八首。《芳雪軒附集》則是母親沈宛君挽詩及兄弟姊妹的祭文。

（三）《返生香》葉小鸞著・《疏香閣附集》葉紹袁輯

《返生香》序爲沈自炳所寫，至於取名之義，葉紹袁在序中說：

> 《十洲記》曰：西海中洲上有大樹芳華，香數百里，名爲返魂，亦
> 名返生香，筆墨精靈，庶幾不朽，亦死後之生也，故取以名集。

其內容爲五言古詩六首、七言古詩七首、五言律詩十二首、七言律詩六首、五言絕句六首、七言絕句六十四首、詞三○調九○首、曲一首、續七言絕句二首、擬連珠九首、序一篇、記二篇。總計：詩一百一十二首、詞九○首、曲一首、序一篇、記二篇。《疏香閣附集》有挽詩：沈自炳〈甥女葉瓊章哀詞〉、沈宛君〈哭三女小鸞〉、葉昭齊〈哭瓊章妹十首〉、〈葉蕙綢〈哭瓊章妹十首〉、葉世㑣〈哭瓊章妹〉、張立平〈挽章〉；另外有沈自徵〈祭甥女瓊章文〉、葉紹袁〈祭亡女小鸞文〉〈元旦再告亡女小鸞文〉，以及張立平、葉世㑣、葉世侗、葉世俗、葉世㑇等人的祭文，最後則是沈宛君的〈亡女小鸞紀略〉。

（四）《鴛鴦夢》、《存餘草》葉小紈著

　　《鴛鴦夢》乃小紈痛悼姊妹相繼離去，藉戲劇人物來表達自己情懷，劇中人昭綦成、蕙百芳、瓊龍雕，也就是實際生活裡的昭齊、蕙綢、瓊章；劇裡三位仙女偶貶凡塵，體認到人寰中離合聚散、悲歡愁恨，如同夢幻泡影之後，由子童先將昭綦成、瓊龍雕攝歸瑤京，然後再使呂洞賓指點百芳「恍知前果，不昧本因」後，三仙子齊歸正道。

　　《存餘草》乃小紈詩作，由弟弟葉燮所輯，前有葉燮的〈存餘草述略〉，云：「適余重訂《午夢堂詩鈔》，因簡其遺稿，有詩若干者，自題曰『存餘草』，蓋其生平所存僅二十之一。學山乃次而梓之，附之于《午夢堂詩鈔》後……。」內有七言古詩三首、五言律詩十一首、七言律詩十首、七言絕句二十七首，合計詩五十一首。

（五）《伊人思》沈宜修輯

　　卷名由來，蓋取之《詩經·秦風，蒹葭》：「蒹葭蒼蒼，白露為霜。所謂伊人，在水一方。」中國古詩中，「伊人」可指異性情人，亦可指同性朋友，此處當指後者。前有葉紹袁的〈小引〉和〈跋語〉，他和妻子都不願「埋紅顏於荒草，燼綠字於寒煙」，因為：

> 天下盍香形管，獨我女哉？古今湮沒不傳，寂寥罕紀者，蓋亦何限，
> 甚可歎也！（伊人思·跋語）

所以凡是片玉流聞，以及散見其他書的，無不努力彙集，其心可嘉，成果雖非完備，倒也有一番貢獻。茲將其名媛簡列於後：朱盛藻、方孟式、方維儀、田玉燕、沈七襄、虞淨芳、王鳳嫻、張引元、張引慶、沈紉蘭、黃淑德、黃雙蕙、周慧貞、董氏婦、張嫻婧、翁孺安、丘劉、袁彤芳、黃鴻、張倩倩、黃媛貞、黃媛介、吳山、周蘭秀、王徽、沈蕙端、雲間閨媛、楊若仙、許氏、王氏、周綺生、童觀觀、沈清友、黃嗣真、吳氏、黃幼藻、姜氏、劉氏、朱玉郎、劉玄芝、周潔、丘慧貞、鄧夫人，最後附乩仙二人：王氏、周烈女，及婦人逸事十八則。

二、悼亡作品

（一）《屺雁哀》葉氏子女著

　　《屺雁哀》前有葉紹袁的〈屺雁哀引〉：「屺言痛母，雁什悲稱，兒輩作

也。」主要是葉氏子女哭母哭弟之作。

（二）《彤奩續些》卷上　名媛悼什

《彤奩續些》上卷是名媛的悼亡作品，所謂「彤奩」二字，蓋承自《瓊花鏡》葉紹袁跋語「天下奩香彤管，獨我女哉？」借指女性而言。前有天臺無葉泐子智朗槃談〈彤奩雙葉題辭〉及葉紹袁〈彤奩續些小引〉，收有沈紉蘭、黃媛貞、黃媛介、吳山、王徽、沈媛、周蘭英、沈智瑤、沈憲英、沈華鬘、沈蕙端、沈倩君。另外則附毛允遂〈遊仙曲〉十二章（爲葉女瓊章賦）及沈君晦〈贈瓊章〉。

（三）《彤奩續些》卷下　葉紹袁著

葉紹袁在兩女初亡之時，哀愴特至，痛定思痛之後，偶有所感，聊一寫之，除了詩三十首、賦〈婚逝賦哀瓊章也〉、祭文六篇，另外還附有世佺〈亡姊昭齊誄〉、世傛〈亡姊瓊章誄〉。

（四）《窈聞》葉紹袁著

本卷和下卷《續窈聞》都是葉紹袁記載他透過冥靈法力探知小鸞消息的經驗，故名「窈聞」。《窈聞》裡他也深怕「詎若齊諧志怪，漶漫不經，漆園滑稽，荒唐忿僻，又恐聽詫創聞，語艱傳信」，人說鬼神之事忌洩，可是他認爲彰者固彰，泄者不泄，有什麼妨礙呢？所以他很誠懇的紀錄，透過具有法力的嚴永，由「上下求索」的對話中可得知小鸞「不在冥中，固當已登儤府」，紹袁之後又得二夢，夢中小鸞皆具儤資。

（五）《續窈聞》葉紹袁著

《續窈聞》則是葉紹袁透過吳門泐菴大師「以佛法行冥事」，殷殷垂詢世佺、小鸞、宛君等人的前生宿業、往事因緣。如小鸞與張生的姻緣是：

> 曾一見耳。張郎前身姓鄭，浙中一鉅卿公子。鄭之前生固參宗師，亦龍姿也。當其爲鄭生時，少年高才，自謂曾修玉京女史，寒簧偶聞斯言，即於其讀書樓下，花架之中，一現仙女天身。鄭生見之，亦詫本處閨質，初不意神仙示影也。此天順二年三月初三日事。張之今有是緣，蓋前以未得詳觀奇麗蹤跡，悒悒不遂，故又尋至耳。（續4～5）

如果這眞是一見鍾情，爲何終又不能結合呢？此乃「寒簧偶以書生狂言，不覺心動失笑，實則既一現後，即已深悔，斷不願謫人間，行鄙褻事，然上界

已切責其一笑，故來。因復自悔，故來而不與合也。」當小鸞魂來時，願從泐菴大師受戒，在一一審戒時，小鸞隨口而答，便是「六朝以下，溫李諸公，血竭髯枯，驚詫累日」的綺語，情境非常奇幻美妙。

（六）《瓊花鏡》葉紹袁著

《瓊花鏡》是因紹袁爲了小鸞未傳遺照，而請人招魂繪之，事之始末如下：

> 朱生名懋，字熙哲，淮陰人，善李少君之術，能招魂如生人，繪以金粟影筆法，當其磅礡丹青，時人皆得以目寓也。其法裝白紙於壁，以鏡對紙，凝神屏氣，先視鏡中，恍惚若睹，即現紙上矣。（瓊2）

他們得到的朱書是「葉小鸞實曹大家後身，應生世三十六年，不當與凡侶爲偶，故因嫁而亡」、「瓊仙在九嶷山洞」、鏡中得到的是「彷彿露影，即紙上儼然在焉，白雲晻藹，蒼霧紛郁，瓊章立半身於雲端，神彩流郁，素姿玉映，回眸動盼，韻態如生」，他們詢問了很多事情，鏡中朱書報者甚多，最後則云「上以朱生輕探幽冥之秘，將加大譴」，朱生也因此懼而離去。

（七）《秦齋怨》葉紹袁著

卷名由來，可由其〈小引〉中知，其云：

> 蓋嘗盱覽今古，緬思往哲，若將想見其人者。〔宋〕蘇忠文公恆擬名書室曰蘇齋。己竊念青青一子衿，未知稅駕何日，輒欲追步子瞻，不幾搶榆枋者希垂天下之飛乎，低徊焉弗敢者久之。去年天臺泐師降蹕余家，余叩問往世因緣，師云在宋爲太虛秦觀，余心獨私自喜也。生平讀東坡書，如歐陽率更坐臥索靖碑下不能去，夢寐中幾欲一恍惚之不可得，而前生迺獲與魯直、晁、張追隨於琴樽杖履之間且甚久，人至今稱之爲蘇門四學士之一也。豈不幸哉！遂名室曰「秦齋」。於時秋也，貧之苦，秋爲甚，悲秋之辯，亦曰貧士失職而志不平。婦又臥病，藥餌所需，簪裾之屬，靡孑遺矣。愁眉相對，聊以韻語自遣耳，故作贈婦〈貧病詩〉。亡何，遭苟奉倩之傷，又作〈悼亡詩〉十韻，不止，而又百首。悲秋未已，而又哀春。孔子曰：「貧而無怨難。」貧而無怨猶且難之，又況於死喪之戚，其能無撫膺而太息歟？故貧病怨之始也，悼亡怨之終也，總名怨云。

本卷主要是寫貧病、悼亡之事，頗有「貧病夫妻百事哀」之歎！從詩題也可

稍知其內容：

〈乙亥秋日贈婦貧病詩十首〉

〈內人病甚，未即起色，藥餌看視之，暇為兒輩點定房本，都成悶況，鬱鬱掩卷，又復情緒索然，庶幾愁吟，可以解之，再作代答十首，亦當枚生之發也〉

〈余第五子世儋，年十二歲，見余貧病詩，欣然欲效之，和前後兩韻，時中秋前三日也，母病中亦為解頤，憐其蚤慧；九月母亡，君晦來哭，痛定之後，余以儋二詩出之，君晦甚為歎訝，其語俱似哭母識也，盡然，夢初覺，小兒臆中鬼神已先告之歟？今附於此〉

〈代答十章，內人并未及見詩成，婦死摧愴，如何再用前韻，為悼亡之哭〉

〈楚中周元孚悼董安人少玉，詩云：可知還繼母，思妻況復是。貧家妻亡，而貧哀莫甚焉，感念斯言，愴懷不盡，仍用前韻，再廣十章〉

另外，又附懷念亡兒世儋的詩。

三、其他作品

（一）《百旻遺草》葉世侗著‧《百旻遺草附集》　葉紹袁輯

《百旻遺草》乃葉世侗遺作，卷名「似無所解」，然前有葉天寥序云：
開篋睹其生時筆畫，遺篇故紙，舊跡如新，墨染朱塗，嘔心所歷。余恐內子益增病境，哭失聲而反飲者，迫於再三，簡置几上，悽酸心目，未忍即閱矣。夜遂夢侗立於几側，似有喜容，而默然無語。第以一冊呈余，余視之曰百旻，旋忽驚寤，東方已白。夫其精魂未散，尚留而憑之。平日之手澤歟，抑昔之鬱鬱於此者，深知父與兄弟為其惜之護之，將表而出之，故喜而託之夢歟？是皆不可知，惟是百旻之義，似無所解，豈號泣于旻天于父母，自一而咨嗟涕洟以至於百歟？則侗於文殆真有不能已者，而志之可哀也，益以甚矣！

世侗自己的作品有〈羅浮山賦〉、〈曉起賦〉、〈汾湖石記〉、〈遊陽山大石記〉、〈嚼無子隱歸墟二山序〉、〈祭亡姊瓊章文〉、〈祭亡姊昭齊文〉，詩有七首：〈秋日書懷〉二首、〈憶兩姊即寓自感之意〉二首、〈感懷〉三首。《百旻遺草附集》

則有張世偉、顧咸建、葉紹袁、葉世佺、葉世侗、葉世倥的祭文，又附〈兩邑申文〉。

（二）《靈護集》葉世倥著，《靈護附集》葉紹袁輯

「靈護集」爲葉世倥法名，該集前有周永年的序，其云：

> 而今此靈護一編，復動藝林之魄，則爲名父者，又將以何方便法而遣情也乎？倥期日夜工揣摩之業，一不得志于棘闈，而遂以長往。
>
> 故其所殫精者，率在制舉家言，乃其於古文詞，聊一染指，便足擅場，非其才甚異不能爾。雖只吉光片羽，然可望辨識其鳳毛矣。

因「其所殫精者，率在制舉家言」，故《靈護集》僅收世倥作品〈夢遊崑崙山賦〉、〈遠遊賦〉、〈哭母擬離騷體十二章〉、〈壽友人序〉、〈遊黃山記〉、〈臥室記〉、〈紀信論〉、〈擬上因皇太子加冠講學敦念皇太后增崇尊諡覃恩中外廷臣謝表〉、〈泗洲寺橋碑銘〉、〈亡姊瓊章誄〉，詩有〈閒居即事〉、〈草橋〉、〈臨江有感〉、〈登樓看雨〉、〈夜景〉、〈和白樂天〉、〈哭兄七言律十首〉、〈擬父貧病作〉、〈天漢歌〉、〈深山〉，共有：二賦、騷、序、二記、論、表、碑銘、誄、詩十九首。《靈護附集》是由周永年、沈自然、葉紹袁、沈憲英、葉小紈、葉小繁等人所作的挽詩。

以上各卷之卷名由來及所收作品大致如上，唯遺憾者，編者葉紹袁始終未對「午夢堂」三字之由來做任何敘述，以及「鸝吹」一詞，亦無所解，故闕以待之。〔註1〕

第二節　《午夢堂集》之版本源流

葉紹袁在《自撰年譜》中說：

> （崇禎）五年壬申，四十四歲……瓊章集名《返生香》、昭齊集名《愁言》，各一卷行世。〔註2〕

> （崇禎）九年丙子，四十八歲……九月，《午夢堂集》成，《鸝吹》三卷、《彤奩續些》一卷、《窈聞》一卷、《伊人思》一卷、《秦齋怨》

〔註1〕《鸝吹集》頁101〈憶王孫〉云：「天涯隨夢草青青，柳色遙遮長短亭，枝上黃鸝怨落英。遠山橫，不盡飛雲自在行。」觀沈宛君所作之詩詞，以憂傷怨別者居多，或許卷名即取自於「黃鸝怨」。

〔註2〕葉紹袁，《自撰年譜》，頁31，收於《嘉業堂叢書‧年譜十種》，北京：文物出版社，1982年10月木版刷印。

一卷、《屺雁哀》、《百旻》一卷，幷《返生香》、《愁言》二卷、共九種，後入《靈護集》爲十種。〔註3〕

《續譜》又說：

（崇禎）十三年庚辰，五十二歲……三月，季若升南光祿卿，傷余貧而戚也，爲贈百金。因得與俗刻，時義名苗語，古文名《靈護集》，傷哉！〔註4〕

根據以上三條資料看來，我們可知《返生香》、《愁言》是在崇禎五年時即有單行本問世，崇禎九年時的《午夢堂集》最初僅有九種，其中不含《鴛鴦夢》，但據《鴛鴦夢》前所載沈君庸〈鴛鴦夢小序〉的文末有「崇禎丙子」紀年，也許《鴛鴦夢》完成於崇禎九年，別以單行本刊行。而《靈護集》的刊行是在崇禎十三年，也許是在這年，才將《靈護集》刊入崇禎丙子「原刊本」中作爲《午夢堂詩文十種》。

葉紹袁的《瓊花鏡》在葉德輝覆刻的《午夢堂全集十二種》中即收爲「午夢堂全集之十二」，卷首有序記載撰述之由：

余女瓊章，捐世一載，今年有方士，能招來於鏡中見之，隔帷之望，不減李夫人，相傳玉蕊即瓊花也，女旣字瓊章，而鏡語以爲仙去。余紀其事，貽諸好異，效芙蓉之稱，名《瓊花鏡》云。壬午嘉平天寥識。〔註5〕

瓊章之死，爲崇禎五年，則所謂歿後十年，即崇禎十五年，又末尾的壬午，亦當是崇禎十五年。曹學佺在卷末亦有按語：

按戟甫公丁酉日注云：沈夢溪表叔貽余《瓊花鏡》一卷，此書亦天寥公所撰，乃《午夢堂集》之一種也，余所藏《午夢堂集》適缺是卷，獲之是爲欣幸。〔註6〕

因此《瓊花鏡》的完成，可斷定是在崇禎十五年；而含有《瓊花鏡》的《午夢堂集》可能是曹學佺所重輯。

小紈在世較久，其《存餘草》爲後出之作，本來並未收入《午夢堂集》裡，但是在弟弟葉燮《已畦集》裡附有《午夢堂詩鈔》（時當康熙丙寅，即西

〔註3〕同註2，頁39。

〔註4〕葉紹袁，《續譜》，頁6，收於《嘉業堂叢書：年譜十種》。

〔註5〕見葉德輝覆刻本《午夢堂全集十二種》，收於《郋園全書》冊162，《午夢堂全集之十二》，頁1。

〔註6〕同註5，頁4。

元 1686 年），其內容是《鸝吹集》、《愁言》、《返生香》與《存餘草》，都是葉氏母女的作品，爲了對葉小紈有全面的了解，我們有必要將其詩作與戲曲放在一起探討，而且若將其歸入《午夢堂集》，可能更符合家族合集的定義。

　　流傳至今，共有二十餘種版本（見附錄二），但仔細比較所可寓目者，除所收內容多寡不同外，約可分爲半葉 9 行、行 20 字，及半葉 11 行、行 22 字兩個流傳系統。至於種數、分卷稍異，前人多認爲「蓋各種迺先後陸續付刻，彙印多少，故不同也。」（《續修四庫全書總目提要》）「疑當時所刻，原無定本，隨刻隨增，故種數多寡，每本不同，非不全也。」（鄭振鐸《劫中得書記》）。〔註7〕

　　而筆者使用的底本是根據〈附錄二〉中，序號第 4 的《午夢堂詩文十種》，十五卷，三冊，這是明崇禎間的刊本，有相當的準確性；《靈護集》、《瓊花鏡》則採用「葉德輝覆刻本」《午夢堂全集十二種》；《存餘草》部分承蒙冀勤女士提供手抄稿；另外後出傳刻的新序皆見《午夢堂集八種》，清乾隆二十三年重鐫本，由此可展開下面幾章的論述。

〔註 7〕雖然戊寅本葉恆椿識曰：「近緣卷帙殘闕，久不印發，間有流傳，多字蹟模稜，魯魚莫辨，渴欲整其敧佚，被館穀所羈，致遠近購求，茫無應命，實深負罪。丙子秋，杜門靜逸，補其缺，訂其訛，共得《鸝吹》、《香雪吟》、《伊人思》、《愁言》、《鴛鴦夢》、《返生香》、《窈聞》、《窈續》八種。質大宗伯沈先生鑒定之，僅付諸梨，閱再寒暑而告竣。」但補缺乃因「卷帙殘闕」，訂訛則未見。又，胡文楷《歷代婦女著作考》頁 847 云：「《鸝吹》下卷第一百六十葉〈瓊章傳〉，誤刻〈張倩倩傳〉，半葉，文字全誤。」似另有所本，然〈瓊章傳〉、〈張倩倩傳〉，本相連而刻，若有殘闕，則「誤刻」、「半葉，文字全誤」得另當別論。

第四章 《午夢堂集》主題探討

第一節 女性情誼的唱和酬酢

　　所謂「女性情誼」含「女性對女性」、「女性對男性」兩種關係，包括「母女之情」、「父女之情」、「姊妹之情」、「夫妻之情」，以及其他廣泛的「女性同胞情誼」；〔註1〕「唱和酬酢」本指一般文人雅士常有的行為，其目的具有多重性，例如文人結社，應制作文、一較詩才，可是我們能在《午夢堂集》中看到的唱和酬酢，並不全然等同於上面的範圍，而是屬於女性世界中那種真心誠意的關懷。以下即依上述範疇引例論述：

　　宜修和三位女兒的感情非常融洽，常相賡和。一行道人在〈葉夫人遺集序〉中云：

　　　　居恆賡和篇章，閨範頓成學圃。〔註2〕

可知「賡和篇章」為其日常生活恆行之雅事。如小鸞的閨房疏香閣，非但姊妹間互有詠詩，母親沈氏也分別次韻如下：

　　　〈題疏香閣・次長女昭齊韻〉

　　　　旭日初升棍，瞳朧映綺房。梨花猶夢雨，宿蝶半迷香。

　　　　輕陰籠霞彩，繁英低飄翔。待將紅袖色，簾影一時芳。

　　　　海棠還折取，拂鏡試新妝。新妝方徐理，窗外弄鶯簧。

〔註1〕　本應列「姊弟兄妹之情」一項，然除宛君與其弟君晦、君庸往來唱和外，葉氏姊弟之間幾乎無此類作品，只有悼亡諸作，不得已只好割而不論，以符所謂「唱和酬酢」。

〔註2〕　見一行道人大榮〈葉夫人遺集序〉，收於《午夢堂集》，頁2。

〈題疏香閣・次仲女蕙綢韻〉

　　遠碧繞庭色，參差映日明。竹間翠煙發，竹外雙鳩鳴。

　　徑曲繁枝裊，嫣紅入望盈。博山微一縷，煙浮畫羅生。

　　芳樹清風起，飄飄落霞輕。

〈題疏香閣・次季女瓊章韻〉

　　幾點催花雨，疏疏入畫樓。推簾望遠墅，爛錦盈汀洲。

　　昨夜碧桃樹，凝雲綴不流。朝來庭草色，把取暗香浮。

　　飛瓊方十五，吹笙未解愁。次第芳菲節，琬琰知未休。（鸝7－8）

錢謙益《列朝詩集小傳》中云：

　　中庭之詠，不遜謝家；嬌女之篇，有逾左氏。〔註3〕

足見葉家母女流連風光月色，酬酢唱和之風雅乃世所共曉。

　　又，〈侍女隨春破瓜時善作嬌憨之態，諸女詠之，余亦戲作〉，從詩題即可窺知：一、所詠之對象乃侍女的「嬌憨之態」，二、諸女與己（沈宜修）皆詠之，三、「戲作」皆透露對生活採取一種觀賞享受之態度，而詩是呈現這種樂趣的工具之一。又，據載其家有一丫環名喚隨春，祇十三、四歲，生得「肌凝積雪，韻彷幽華，笑盼之餘，風情飛逗」。〔註4〕小鸞疼喜之餘，即席為她作了一闋〈浣溪沙〉：

　　欲比飛花態更輕，低回紅頰背銀屏，半嬌斜倚似含情。

　　嗔帶淡霞籠白雪，語偷新燕怯黃鶯，不勝力弱懶調箏。（返26）

竟引起了大家的興趣，接二連三唱和，大姊紈紈和云：

　　楊柳風初縷縷輕，曉粧無力倚雲屏，簾前草色最關情。

　　欲折花枝嗔舞蝶，半回春夢惱啼鶯，日長深院理秦箏。

　　翠黛輕描桂葉新，柳腰嬝娜襪生塵，風前斜立不勝春。

　　細語嬌聲羞覓婿，清矑粉面慣嗔人，無端長自惱芳心。（愁24）

二姊小紈和云：

　　髻薄金釵半嚲輕，佯羞微笑隱湘屏，嫩紅染面作多情。

　　長怨曲欄看鬥鴨，慣嗔南陌聽啼鶯，月明簾下理瑤箏。

〔註3〕見錢氏《列朝詩集小傳》，頁753，〈沈氏宛君〉條。

〔註4〕見冀勤〈關於《午夢堂集》及其佚文〉輯《笠澤詞微》卷五所引葉紹袁〈浣溪沙〉小序云：「侍女隨春，年十三四即有玉質，肌凝積雪，韻彷幽華，笑盼之餘，風情飛逗，瓊章極喜之，為作〈浣溪沙〉詞。昭齊、蕙綢、宛君均和之，余亦作二闋。」

宛君和云：

> 袖惹飛煙綠鬢輕，翠裙拖出粉雲屏，飄殘柳絮未知情。
>
> 千喚懶回偆看蝶，半含嬌語恰如鶯，嗔人無賴惱秦箏。
>
> 春滿簾櫳不耐愁，蔚藍衫子趁身柔，楚臺風月那禁留。
>
> 畫扇半遮微艷面，薄鬟推掠只低頭，覷人偷自溜雙眸。（鸝109）

四首詞裡，都用到「嗔」字，且小鸞詞裡有「紅頰」、「淡霞」，小紈詞裡有「嫩紅染面」等字樣，乃因隨春這丫頭善嗔而又常常容易臉紅之故。雖然，這種享樂之態度自小鸞、紈紈相繼謝世後，即被代以「窮愁貧病」的氛圍，但無可否認的，她們前期的生活氣氛確實是充滿了此種觀賞享受之樂。

當然，生活除了風雅之追求外，離愁別緒亦在所難免，如〈送別長女昭齊〉詩四首、〈菩薩蠻·元夕後送別長女昭齊〉詞一首，透露有女出嫁時，母親的依依不捨，故云「繡閣盈盈十八年，風煙粵嶺一朝前」。姊妹則「牽衣愁別長」。兩句「日暮枝頭啼杜宇，淚隨風雨一時傾」，即把母女姊妹哭成一團的情狀描摹殆盡。別離之際，昭齊亦和詞一首，〈菩薩蠻·和老母贈別〉：

> 樽前香燄消紅燭，可憐今夜傷心曲。衫袖淚痕紅，離歌淒晚風。
>
> 匆匆苦歲月，相聚還相別，腸斷月明時，後期難自知。（愁25）

全詞殊無蘊藉，直抒胸臆，蓋傷悲過度，一吐為快，故於筆端再無用事借典。

然而，這種相互唱和，絕非只是一時興起或生離死別之際才題賦的，而是四時不輟的家庭雅集，如《愁言·四時春歌》，小題為「同姊妹次母韻作」，分別就春夏秋冬四時題詠；《返生香》中更有〈慈親命作四時歌〉，可見母女間的相互唱和不僅僅止於附庸風雅而已，也是一種「交心」的功課。沈自徵〈鸝吹集序〉即云：

> 生平鍾情兒女，皆自為訓詁，豈第和瞻停機，亦且授經課藝。〔註5〕

「鍾情」二字實指出母疼兒女之情。而從大量的寄詩、寄詞、和詩、次韻等作品中，我們深深體會到她們的樂在其中！

《愁言》中〈梨花〉詩題下小序云：

> 家有舊室敞甚，余稍修葺之，求一齋名于老父。父曰：「汝庭外梨花數樹，今如此老幹蒼枝，皆汝太翁手植也。我昔與汝翁嚼花醉月其下，今杳不可得矣。王融〈梨花詩〉有芳春照流雪之句，可名芳雪軒。」余因漫作二首呈父。（愁7）

〔註5〕見沈自徵〈鸝吹集序〉，收於《午夢堂集》，頁3。

雖說「我昔與汝翁嚼花醉月其下，今杳不可得矣。」，然既以之命「芳雪軒」，女兒又應時賦詩，亦是嚼花醉月之雅事，因此，實不止是「求一齋名」而已，更重要的是那一份傳承之情。

又，《返生香》中〈庚午秋父在都門寄詩歸同母暨兩姊和韻〉詩云：

> 別離歲久各咨嗟，蕭瑟西風道理賒。
>
> 鄉信幾傳遙涕淚，歸期屢約黯年華。
>
> 羌夷笛裡寒梅落，閶闔宮前御柳斜。
>
> 胡馬于今應出塞，暫須寬慰莫思家。（返 8）

除了小鸞以外，葉紹袁的妻子和大、二女兒也都有和詩。此時盼望父歸甚殷，然現實阻隔，只能另以兵馬倥傯之功轉移父親歸期屢約未遂之心。難怪葉紹袁刻《疏香閣遺集・返生香》，在此詩後按云：

> 尚欲寬慰父懷，其如一死，使父肝腸寸寸碎也。詩墨猶新，人安往哉？傷哉！痛哉！（返 9）

唯此間情深如彼，方有如此之傷痛矣！

以上說的是母女、父女之間的情誼及傳承之情，底下再來看看葉氏三姊妹之間的賡和篇章。

葉氏三姊妹有幸生在一家，有緣同聚一堂，她們受到父母雙親悉心照料，難得的是姊妹之間情誼深厚，並不會彼此猜忌，互爭才華高下，倒是因家貧乏乳而必須把三妹（小鸞）寄養在舅父那兒，直到十歲方能歸家。小鸞她個性高曠，厭棄繁華，愛煙霞，通禪理，雖然自恃穎資，嘗言欲博盡今古，也因而為父親所鍾愛，但在姊妹中並不會因此而顯露恃愛之色，家裡分些什麼紙筆書香，一定和兩姊共同分享，大姊、二姊無不疼愛這位「吐口應聲，選詞入意，清機善笑，細語譫香」〔註6〕的妹妹。

紈紈的作品中有不少是對妹妹們的關心懷念，從這些日常生活的點點滴滴，不難想像閨閣姊妹間的手足情深。就拿一大清早起床，詩興大發，於是有〈題瓊章妹疏香閣：妹自有曉起之作，即題閣上，亦邀余作，漫拈壁一笑也〉（愁 2）。一個春光明媚的季節，卻在蒼茫暮色裡發起愁來，填了這兩首詞〈菩薩蠻・早春日暮，共兩妹坐小閣中，時風竹蕭蕭，悅如秋夜，慨焉賦此〉：

〔註6〕見葉紹袁〈祭亡女小鸞文〉，收於《返生香》，頁64。

一、

遲遲暝色籠庭院，小窗靜掩香猶煖，風弄竹聲幽，蕭蕭卻似秋。

愁懷長自訝，共語憐今夜，舊意與新情，湘江未是深。

二、

寂寥小閣黃昏暮，依依恍若天涯過，窗外月光寒，映窗書幾刪。

話長嫌漏促，香爐應須續，幾種可傷心，訴君君細聽。（愁 25）

女性雖沒有「酒逢知己千杯少」的豪興，但是「話長嫌漏促，香爐應須續，幾種可傷心，訴君君細聽」的婉約更令人傾心。就因有這樣貼心的姊妹，一旦身邊少了個人，也少了訴心事的對象，生活中無端端地便想到遠在外頭的妹妹，也只能〈寄妹〉、〈初夏寄懷二妹〉（愁 10），〈寄瓊章妹，前日別後，登舟汾湖，風景可玩，惆悵不能相同，偶成二絕〉（愁 12），尤其是這位妹妹就要出嫁了，大姊更是既高興又難過，於是寫下了這首〈送瓊章妹于歸〉：

畫堂紅燭影搖光，簫鼓聲繁遠玳梁。

頻傳簾外催粧急，無語相看各斷腸。

鸞臺寶鏡生離色，鴛帶羅衣惜別長。

香靄屏帷凝彩扇，風輕簾幕拂新粧。

新粧不用鉛華飾，梅雪絲來羞並色。

傾國傾城自絕群，飛瓊碧玉驚相識。

相顧含情淚暗彈，可憐未識別離難。

遙遙此夜疏香閣，去去行裝不忍看。

欲作長歌一送君，未曾搦管淚先紛。

追思昔日同遊處，惆悵于今各自分。

昔日同遊同笑語，依依朝夕無愁苦。

春閣連几學弄書，秋床共被聽風雨。

更憶此時君最小，風流夐已儘姿嫋。

雪句裁成出眾中，新詞欲和人還少。

往事悠悠空自思，從今難再不勝悲。

休題往日今難再，但願無愆別後期。

別後離多相見稀，人生不及雁行飛。

杳杳離情隨去棹，綿綿別恨欲牽衣。

戀別牽衣不可留，揚帆鼓吹溯中流。

可憐此去應歡笑，莫爲思家空自悲。（愁4－5）

此詩成而妹死，妹死而身隨死，豈知一首催粧詩竟成兩邊鬼話，難怪葉紹袁要歎「天壤之間，如何有此慘事異事？」此詩的基調是悲苦的，我們看不到歡樂的喜氣，只是感到頓失知己的憮然，「追思昔日同遊處，惆悵于今各自分」，眞的是此後只有「遍插茱萸少一人」了。她在〈鎖窗寒・憶妹〉（愁28）中說「更那堪近來信稀，盈盈一水如迢遞」、「念契闊情悰，驚心歲月，舊遊夢斷，此恨憑誰堪說」，我們更加能體會其痛失知己之苦了。

小紈也有〈四時歌和母韻〉（存2），《存餘草》裡則有〈秋夜和瓊章妹〉：

深更聽木葉，摵摵下林梢。

雨細苔錢潤，風輕蕙帳飄。

鼠窺燈燼落，人寂篆煙消。

忽憶彈棋處，悠然似此宵。（存3）

另有一詩〈薄暮舟行憶昭齊姊〉：

解纜斜陽裡，春波寂寂流。

村煙迷草屋，津樹隱漁舟。

別後尋沙雁，閒情伴水鷗。

雲山空滿目，誰共一遨遊？（存6）

整首詩中透露的是唯有姊姊才能懂得這山這水，否則「雲山空滿目，誰共一遨遊」？紈紈、小紈、小鸞之間是世上難得的姊妹知音。小紈另有〈五妹約歸晤，不果，悵然有寄〉（存15）、〈寄五妹千瓔〉：

同懷姊妹惟爾我，況是相憐病與貧。

一枕夢回人不見，闔廬城外又殘春。（存12）

葉氏子女人情的表達，與她們所處家庭環境有關。因爲家庭敗落，爲勢利者所譏，故手足之情，更顯重要，也是自立的基礎。

小鸞的作品則更多，〈秋夜不寐憶蕙綢姊〉（返7）、〈昭齊姊約歸風阻不至〉（返8）、〈偶見雙美同母及仲姊作〉（返9）、〈秋暮獨坐有感憶兩姊〉（返9）、〈寄昭齊姊〉（返11）、〈別蕙綢姊〉（返12）、〈送蕙綢姊〉（返44）、〈謁金門・秋晚憶兩姊〉（返29），茲引〈秋暮獨坐有感憶兩姊〉：

蕭條暝色起寒煙，獨聽哀鴻倍愴然。

木葉盡從風裡落，雲山都向雨中連。

自憐華髮盈雙鬢，無奈浮生促百年。

何日與君尋大道？草堂相對共談玄。

首句「蕭條」、「獨」都點明了自己的落寞，不堪到只能「自憐」盈滿雙鬢的華髮，而此華髮實指心之衰老，百年如一瞬，點明了詩中人兒的無奈。小鸞還是位青春少女，但其心境卻是滄桑至此，詩末的「何日與君尋大道？草堂相對共談玄」，更透露其心剗然向佛。

除此，最足以說明三姊妹手足之情的要屬《鴛鴦夢》，其典故出處見《文選》卷十五雜詩條，題「詩四首錄之一‧蘇子卿」云：

> 骨肉緣枝葉，結交亦相因。四海皆兄弟，誰爲行路人？
>
> 況我連枝樹，與子同一身。昔爲鴛與鴦，今爲參與辰。
>
> 昔者常相近，邈若胡與秦。（下略）

據說這是蘇武與兄弟離別之詩，暫且不論其僞作與否，其云「昔爲鴛與鴦，今爲參與辰」，很明顯的是《鴛鴦夢》取爲劇名的由來，乃小紈對其姊妹雙逝之哀悼（後文將再做深論），字裡行間，可見姊妹情篤。

不唯姊妹間恩愛無比，直教人以生死相許；葉、沈之間的伉儷情深亦令人動容。《列朝詩集小傳》云：

> 沈宜修，字宛君，吳江人，山東副使沈珫之女，工部郎葉紹袁之妻也。仲韶少而韶令，有魏洗馬、潘散騎之目。宛君十六來歸，璃枝玉樹，交相映帶，吳中人艷稱之。〔註7〕

「璃枝玉樹，交相映帶」，儼然是別人眼中的金童玉女、才子佳人。

葉紹袁自三十七歲科舉及第後，開始步入宦途，四十二歲即因母馮太宜人年老，陳情乞養，崇禎三年（西元 1630 年）十二月即歸鄉里。《鸝吹集》之詩詞雖未繫年，然許多作品之內容一見即知寫的閨思，如：

〈立秋夜感懷〉

> 涼秋悠悠露氣清，晴蟲悽切草間鳴。
>
> 高林一葉人初去，短夢三更感乍生。
>
> 自恨回波千曲繞，空餘殘月半窗明。
>
> 文園多病悲秋客，搖落西風萬古情。（鸝41）

秋天是北雁南飛的季節，但作者的丈夫卻偏偏在立秋前不久離家而去。首聯以一「涼」字突出立秋之夜的特點，因爲從節氣的轉變上，立秋正是氣

〔註7〕同註3。

溫開始下降轉涼的時候，司空曙〈立秋日〉即云：「律變新秋至，蕭條自此初。……卷簾涼暗度，迎暑扇先除。」而露氣清及晴蟲之鳴皆是立秋夜富於特徵性的景物，頷聯用了「一葉知秋」的典故，寫在丈夫走後，愁感頓生，自然睡不著，勉強去睡，僅僅作了一個短夢，三更時分就再睡不著了。頸聯承上，回憶往事。「回波」即〈回波樂〉，商調名。唐中宗時造，蓋出於曲水引流泛觴。但一個「恨」字加一個「空」字，說明了人去樓空，無法再同樂的悵然之情。尾聯以司馬相如（文園）比自己的丈夫，而「搖落」一語出自宋玉〈九辯〉：「蕭瑟兮草木搖落而變衰」，可知是作者怕丈夫才華出眾，卻仕途偃蹇，關心之情，溢於言表。

　　而她對丈夫的思念並非一朝一夕而已，其〈秋夜〉一詩云：

　　　　悲秋不是斷腸初，風景依依雲影疏。

　　　　玉漏自殘燈自落，小窗斜月小庭虛。（鸝82）

首句已點明「悲秋」已非一日，更有可能已非一年兩年，說明了丈夫別離之久。而作者所戀戀依依的「雲影疏」之景，則可能是昔日夫妻二人共對之景，亦有可能是丈夫初離之際，所以感念特深。而第三、四兩句，一寫屋內之景，一寫屋外之景。三句中「玉漏自殘」、「燈自漏」，均點出秋夜將殘；而「斜月小庭虛」亦是月已西斜，夜色將闌之景，而「人」卻仍或立或坐在小窗前等待歸來的丈夫。「自」字兩現，則是指作者悲秋斷腸而無心去管，只好聽任其自殘自落。

　　寒冬時節，依然不聞丈夫歸來，其〈望江南・冬景〉云：

　　　　河畔草，一望盡淒迷。金勒不嘶新寂寞，青袍難覓舊葳蕤，野燒又
　　　　風吹。

　　　　蝴蝶去，何處問歸期？一架秋千寒月老，滿庭鶗鴂故園非，空自怨
　　　　萋萋。（鸝131）

發端「河畔草」起興，可謂取法古詩「青青河畔草，綿綿思遠道。」（〈飲馬長城窟行〉）乃懷念遠方人兒。但是女主人公窮其目力望盡淒迷的草原，卻未見意中人歸來，也沒有聽見任何馬的嘶叫聲。她的丈夫一如飛去的蝴蝶，不知何時才能回來，而她生命情態如同園中的秋千隨著寒月一同老去。要怨，只有怨那無盡淒迷的衰草（「難覓舊葳蕤」）引起她的綿綿相思。

　　冬天過後，春天來了，丈夫依然沒有回來，而且一連幾年的春天都沒有回來，其〈虞美人・立春〉云：

　　東風已上堤邊柳，雪意還依舊。

　　畫羅采勝學裁新，不道閑愁又送許多春。

　　年華只是侵蓬鬢，花信何須問？

　　待看雙燕幾時來，猶憶杏花長對月徘徊。（鸝 132）

作者也和其他婦女一樣，年年學裁新的花樣，但「閑愁」如何翻新？年年是一樣的失望，春天過去許多次，年華也漸漸老去，自然知道花信何時會來，毋庸再問。然而，花信可知，丈夫之歸期卻不可知，她只有再等待，等著雙燕歸來，重溫「杏花長對月徘徊」的良辰美景。詞中選擇杏花此一意象，正是以「紅杏枝頭春意鬧」的「鬧」境來對比此刻的寂寞。其他諸詩如〈秋日村居・和仲韶韻〉（鸝 25）、〈代仲韶祝雙壽〉（鸝 35）、〈和仲韶燕中寄韻〉（鸝 37）、〈感懷和仲韶韻〉（鸝 50）、〈仲韶北上，別時風雨淒人，天將暝矣〉（鸝 71）、〈端陽令節，漫成八絕，聊以自遣，時仲韶在都門也〉（鸝 83）、〈和仲韶寄韻〉（鸝 109）、〈送仲韶北上〉（鸝 114）等，即使未見其詩，我們也可從詩題中想見宛君對紹袁的情深意重，感懷、和詩、為他製衣、送別、擔心夫君功名……，一一具見。

　　除此之外，她們亦有不少女性朋友，各自都有不少懷念唱和之作，如宛君的〈思張倩倩表妹〉：

一、

　　因人無力怯愁生，春逼簾櫳花氣清。

　　欲把幽情寄芳草，萋萋偏遶夕陽明。

二、

　　幾陣花飛到小窗，碧雲春信隔春江。

　　吹殘柳葉渾難問，夢斷雙雨對曉缸。

三、

　　紅藥翻階第幾枝，落花難與語相思。

　　美人望處青山遠，明月空憐入夢時。（鸝 82）

小紈的〈對梅懷沈惠思表妹〉：

　　小庭一樹鎖春寒，景物驚心淚欲彈。

　　憶得故人煙水隔，暗香浮影不同看。（存 13）

總結以上論述，可以看到一個現象，那就是：

於是諸姑伯姊，後先娣姒，靡不屏刀尺而事篇章，棄組紝而工子墨。

松陵之上，汾湖之濱，閨房之秀代興，彤管之詒交作矣。〔註8〕

而女子能詩，自然就能把對親人友朋的感情融入詩中，而這類詩是眞摯無僞的，不是一般文人的應制酬酢詩，或饒富寄託暗喻。她們執筆創作之際，並不將它視爲「經國之大業，不朽之盛事」，只是一誠於中、自然流露於外的過程，甚至只是「戲作」。總之，眞情是她們創作的根基，她們希望表現的重心也在於情。而本節所要表達的即是葉家母女日常生活中的詩興文才，以及洋溢其間的天倫之樂及溫馨情誼，這無疑是世間最珍貴的親情流露。

第二節　葉氏母女的嗟貧悼亡

一、窮愁貧病的生命況味

葉家經濟的拮据、人身的苦病，葉紹袁在《秦齋怨》中〈乙亥秋日贈婦貧病詩十首〉中有所透露，其詩題小引云：

獻歲夾鐘應律，亡我次兒，兒配未婚，矢誓靡愿，夭桃將華，摽梅未墜，遽歌汎柏之舟，言駕秣薪之馬，人孰無心，不傷斯感，北堂一慟，南暉掩芒，啜其泣矣，何嗟及矣。旋又孩抱幼子，摧芽隕苗，迭遭異變，境會慘毒，內人因嬰嘔血之疾，昉於徂暑，爰暨仲秋，子焉在床，蕭然斗室，寂寥屏楗，感百其憂，而迺藥餌所需，非參周效，貧士辦此，苦逾餐蘗……無聊之中，漫賡前韻。……稍以消遣病懷，排釋貧況也。（秦1）

從上述可知，沈宜修的病情與「迭遭異變」有關；而家境的貧病，使得葉紹袁在籌買人參以爲藥餌的過程中，倍感窘迫。而本詩在「漫賡前韻」句下注有「癸酉有貧病詩」六字，且乙亥之後，其又云：

內人病甚，未即起色，……，又復情緒索然，庶幾愁吟可以解之，再作代答十首，亦當枚生之發也。（秦4）

枚乘〈七發〉說的是吳客用要言妙道爲楚太子治療奏效之故事，葉紹袁依樣畫葫蘆，恐難如意，正如〈乙亥秋日贈婦貧病詩十首〉之十所云：

元因病劇憎貧苦，益軫貧窮起病愁。（秦4）

兩者互爲因果，循環相生，前詩之九即云：

> 卿病我貧人莫笑，古來貧病幾堪禁。（秦 3）

沈宜修〈貧病〉詩亦云：

> 貧病由來不可當，可憐貧病兩相傷。（鸝 51）

又，葉紹袁〈代答十首〉中，之一云：

> 三十年來總是貧，嫁時衣賣病隨身。（秦 4）

其五則云：

> 病嗅桍橐問鄰家，貧累相牽悶轉加。
>
> 自有愁腸貧伴侶，至今淚眼病生涯。
>
> 藥鐺病煮黃金貴，米甑貧炊白玉賒。
>
> 莫訝貧齋最蕭索，病餘還剩一庭花。（秦 4）

在漫長歲月中，窮愁貧病一直是葉家甩之不去的夢魘，縱使自我寬解「病餘還剩一庭花」，仍然令人感到其家徒四壁、貧齋蕭索之慘況。

葉紹袁第五子世儋見及〈貧病詩〉，效爲之和前後兩韻，〔註9〕其一爲：

> 病也何緣戀不休，貧腸半斷又驚秋。
>
> 貧拭落花花亦淚，病看飛鳥鳥多愁。
>
> 貧屋獨居常寂寂，病床高臥自悠悠。
>
> 回首半生無復望，恨將貧病了塵浮。（秦 7）

詩成於乙亥年（西元 1635 年）中秋前三日，九月沈宜修即亡，沈君晦以爲「語語俱似哭母讖也。」（秦 7），葉紹袁〈百日祭亡室沈安人文〉亦云：

> 兒女債多，清閒福淺，求衣營食，不遑寧處。（鸝附 15）

足見沈宜修一生與貧病相終始，故在桂乏珠艱之時、兒晨女夕之餘、酒帳藥鐺之邊、送別望歸之際，乃借詩詞以爲排遣。

正由於此，她們的傷懷多與婚戀際遇等實際生活相關，立足點基本在於自身之現實處境，與男子常出現的家國之思比較，私情的色彩較爲突出。她們專注的是個人家庭，傾向於對日常生活中內心感受（特別是悲愁思緒）的表現與發掘。職是之故，寫身邊人事、訴悲苦情緒，乃成爲其文學之中心內容。

首先，以「病」嵌題的詩歌相當多，適足以表現其生命多愁善感的一面，

〔註9〕與葉紹袁有交游往來之尤侗，在其《西堂剩稿》中亦有〈貧病詩和葉天寥先生韻十首〉及〈又和一首〉等，可茲參考。

如沈宛君《鸝吹集》中即有〈病起〉等十首以「病」為題的詠歎，至於詩中出現的「病」字，更是不勝枚舉。我們都知道，唐代李賀慣用紅、紫、青、黃、綠、白等字眼，以染成穠麗之色彩；又常用鬼、死、夢、淚、哭、血等字眼，以製造奇詭陰暗之氣氛。可見詩歌常出現的「主旋律」，極能表現個人特殊之風格，沈氏即是如此。

　　沈氏詩中所表現者乃是一愁眉不展、體弱多病的女子，過的是底下的一種生活：

　　　　餘病消殘日，閒愁付落英。（〈病起〉（鸝 23））

　　　　新鶯愁處聽，遲日病中磨。（〈病中春暮〉（鸝 29））

而且常因久病，而致琴書蒙塵，如：

　　　　病久支離起，琴書滿榻塵。（〈秋日病起〉（鸝 29））

連在元宵之夕都因病而無玩興：

　　　　自歎今宵貧病纏，桂葉含愁還夜夜。（〈元夕〉（鸝 48））

元夕本該燈火輝煌，熱鬧慶祝的，但在燈火闌珊之處，卻有人在那兒臥病、愁歎。且直以「貧病」為詠，云：

　　　　貧病絲來不可當，可憐貧病兩相傷。

　　　　蕭條病怯西風冷，搖落貧消秋日長。

　　　　病臥家寒捱歲月，貧無客至少匆忙。

　　　　病魔欲倩詩魂謝，貧鬼何年卻遠方。（鸝 52）

雖然紹袁眼中的紈紈是個「眉憐自鎖，怨恐人知」、「不輕題恨字」的女子，然而女子賴以寄託全部人生的婚姻關係卻每每不盡人意，對於她而言，不遇之苦，在於所嫁非偶。故其父痛云：「眉案空嗟，熊虺夢杳，致汝終年悶悶，悒鬱而死」（愁 39）。眉案指的是「舉案齊眉」的典故，「空嗟」則明言夫妻間未能相敬如賓；「熊虺夢」用的則是《詩經‧小雅‧斯干》中：「大人占之：『維熊維羆，男子之祥；維虺維蛇，女子之祥。』」典故，「杳」字說明了沒有子嗣的憂心忡忡。《續窈聞》中昭齊亦曾自云：「至於琴瑟七年，實未嘗伉儷也。」（續 13）那麼由此可知，致紈紈終日悒鬱的兩大原因是夫妻失和、膝下無子。紈紈自己亦云：

　　　　西風滿庭樹，黃葉亂雕楹。

　　　　草謝傷心色，雲飛故國情。

　　　　病中消短夢，愁裡過浮生。

　　搔首獨長歎，寒花落晚英。〈病中〉（愁6）

生命中充滿衰颯的景色及顏色，覺察不出一絲的生氣。小紈〈寄五妹千瓔〉
詩也說：

　　同懷姊妹惟爾我，況是相憐病與貧。（存12）

小紈嫁後的情形，也是十分貧苦的，《甲行日注》丙戌（西元 1646 年）十月
十四日即記云：

> 沈婿冀生卒，貧無四壁，依沈君庸家，僑居呂山橋。含斂之具一無
> 所出，余適賣墓田四畝，先以十金償還舊帳，餘存二兩五錢，遣僮
> 持去。伺亦賣田爲珠桂計，尚在篋中，亦與之。然余父子自是親戚
> 至情耳。〔註10〕

其夫死時僅三十六歲，後事還需岳父家東湊西湊，才勉強完事，他遺留給小
紈的除了無盡的孤寂外，也只有「貧」了。

　　如果結合上節及下章意象之塑造的討論，將可發現，葉氏母女文學創作
中最爲突出的吟詠對象，乃是對於男人的思念與等待，以及圍繞生活而生的
種種悲戚，這與歷代婦女創作的感傷傳統是相當吻合的，她們感傷純粹與內
心之創痛緊緊相伴，其憂生之嗟基本源於家庭生活或婚戀際遇的不幸與欠
缺。與男子常有的政治生涯落魄、痛懷民生疾苦、窮愁羈旅、人生苦短、壯
志難酬等等涉愁之作，其感傷的對象及寄託都有鮮明、顯然的相異。因此，
從本節的討論中，可發現以嗟病歎貧寫愁苦之心，已成爲葉氏母女言愁述怨
的表情模式之一。

　　雖然，葉氏母女的作品中充滿窮愁貧病的哀歎，然而自古「詩窮而後工」，
誠然不誣。《續修四庫全書總目提要》曾如此介紹紹袁：

> 紹袁生勝國啓禎末季，目擊朝政昏聵，退隱林泉，一門風雅冠時，
> 足以優游晚景，而乃室家多故，骨肉慘亡，日坐愁城，貧病交迫，
> 兼以運丁陽九，感幀哀傷，禾黍狄風，滄桑故國，河山風景，舉目
> 凄涼，家國遭遇之窮，未有如紹袁之甚者，然天畀紹袁，以芬芳悱
> 惻之文心，天必置紹袁于鬱悒欷歔之時地，原愁思而騷作，康衢痛
> 哭而名成，使紹袁生長太平作爲詩文，不過歸唐附八家之末流，河
> 李振七子之浮響，安有此哀感頑艷之筆傾倒古今。〔註11〕

〔註10〕見《甲行日注》卷三，頁5。
〔註11〕見《續修四庫全書總目提要》十二：集部，頁188～189。

上引諸文，並非實指葉氏母女之「家國遭遇」，而是重在證明「詩窮而後工」移之葉氏母女身上，何嘗不是如此。

二、銜哀致誠的眞情悼亡

《午夢堂集》中有相當多的悼文（含哀悼性質的序文），都是以「哭」字領題。〔元〕楊載《詩法家數・哭輓》云：

> 哭輓之詩，要情眞事實。於其人情義深厚則哭之，無甚情分，則輓之而已矣。當隨人行實作，要切題，使人開口讀之，便見是哭輓某人方好。中間要隱然有傷感之意。〔註12〕

而集中之詩文讀來莫不令人有傷感之意，彷彿見到文中人們聲淚俱下地傾訴著他們的不捨與傷悲。

這類文章中，有一個非常凸顯的文類特色，亦即「招魂」性質的祭悼文，甚且因此而有扶乩之舉。其用意何在？這是一個神祕而又堪玩味、探討的命題。如果從許多志怪、志人小說去找，將可發現「招魂」之儀式早已成爲陰陽兩界往溯的橋梁，如《太平廣記》卷三百三十八〈盧仲海〉條下載：有處士盧仲海與叔父盧纘客於吳地，盧纘醉死客棧中，仲海悲惶，計無所出，「忽思《禮》有招魂望返諸幽之旨，又先是有力士說招魂之驗。」於是「大呼纘名，連聲不息，數萬計。」好不容易才把他叔叔喚醒。不料，其叔正依稀回憶剛才耽於鬼樂冥飯的情形，旋又死去，仲海再呼，「聲且哀厲激切，直至欲明方蘇。」〔註13〕從這個故事，可知「魂兮歸來」正是古人對死者最哀切、

〔註12〕見《歷代詩話》（二），頁735。臺北：漢京文化事業有限公司。

〔註13〕《太平廣記》卷三百三十八，原文如下：大曆四年，處士盧仲海與從叔纘客於吳。夜就主人飲，歡甚，大醉，郡屬皆散。而纘大吐，甚困。更深，無救者，獨仲海侍之。仲海性孝友，悉篋中之物藥以護之。半夜纘亡，仲海悲惶，伺其心甚煖，計無所出，忽思《禮》有招魂望返諸幽之旨，又先是有力士說招魂之驗，乃大呼纘名，連聲不息，數萬計。忽蘇而能言曰：「賴爾呼，救我。」即問其狀。答曰：「我向被數吏引，言：『郎中令邀迎。』問其名，乃稱『尹。』逶迤至宅，門閭甚峻，車馬極甚。引入，尹迎勞曰：『飲道如何？常思曩日破酒縱思。忽承戾止，浣濯難申，故奉迎耳。』乃遙入，詣竹亭坐，客人皆朱紫，相揖而坐，左右進酒，杯盤炳曜，妓樂雲集，吾意且洽，都忘行李之事。中宴之際，忽聞爾喚聲，眾樂齊奏，心神已眩，爵行無數，吾始忘之。俄傾，又聞爾喚聲且悲，我心惻然。如是數四，且心不便，請辭。主人苦留，吾告以『家中有急，主人暫放我來，當或繼請，授吾職事。』吾向以虛諾。及到此，方知是死。若不呼我，都忘身在此。吾始去也，宛然如夢。今但畏再命，

最誠懇的挽留。沈宛君〈擬招〉一文即云：

> 魂兮歸來，床間有書，可娛日些。
>
> 架上有琴，可橫膝些。
>
> 歸來歸來，墜露可飲，無虛室些。
>
> 魂兮歸來，落英可餐。
>
> 歸來歸來，無遙想些。
>
> 魂兮歸來，荷衣蕙帶，芙蓉集裳些。
>
> 北牖風清，小簟生涼些。
>
> 花覆簾低，爐裊香些。
>
> 蘿屏曲映，繞畫湘些。
>
> 粧前明鏡，舊日之光些。
>
> 歸來歸來，返故鄉些。……（鸝153）

所敘述的，只是往日生活中所常接觸的平常事物，甚至是風花雪月一類，反映了沈氏所希冀的是女兒們能回來與她共度往日美好時光。

然而，葉氏家族及其親朋，在招魂上，顯然是落空的，如沈宛君〈哭季女瓊章〉（鸝21）云：「折玉碎珠何太早，返魂無術心空搗。」〈寒食悼亡兩女〉（鸝27）云：「腸斷何由續？魂遊不復回。」雖於〈七夕思兩亡女〉（鸝27），望其「今宵仍鬥巧，何不一歸來？」結果仍是「今歲招魂何處招？」（〈長女昭齊週年感悼〉之九，鸝88）。沈宛君之於兩愛女如此；其弟姪們之於沈氏亦遭同樣挫折，如沈自然〈哭亡姊葉安人〉云：「生前動有經年別，死後曾無再返魂。」（鸝附10）、沈憲英〈悼宛君姑〉云：「子規聲裡黃昏月，叫斷東風夢不回。」故葉紹袁在〈屺雁哀‧引〉末尾，衷心祈願「子思母兮，空血淚之生苔；母思子兮，曷不乘彼飛鶴魂歸來？」雖在《續窈聞》中載有小鸞死後，其家懇泐庵大師召魂事，述小鸞魂來後，願從大師受戒。大師言受戒之前，必先審戒，因審她種種過失，其答語非常艷麗。此事真假實非重點，招魂亦只是附帶目的，其真正意旨反在突出小鸞的文采及其仙質。如：

為之奈何？」仲海曰：「情之至隱，復無可行。前事既驗，當復執用耳。」因焚香誦咒以備之。言語之際，忽然又歿，仲海又呼之，聲且哀屬激切，直至欲明方蘇。曰：「還賴爾呼我！我向復飲，至於酣暢，坐寮徑醉。主人方敕文牒，授我職。聞爾喚聲哀屬，依前惻怛。主人訝我不怡，又暫乞放歸再三。主人笑曰：『大奇！』遂放我來，今去留未訣，雞鳴興，陰物向息，又聞鬼神不越疆，吾與爾逃之，可乎？」仲海曰：「上計也。」即具舟，倍道併行而愈。

「曾犯淫否？」

女云：「曾犯。晚鏡偷窺眉曲曲，春裙親繡鳥雙雙。」……

「曾犯嗔否？」

女云：「曾犯。怪他道韞敲枯硯，薄彼崔徽撲玉釵。」

「曾犯癡否？」

女云：「曾犯。勉棄珠環收漢玉，戲捐粉盒葬花魂。」

師大讚云：「此六朝以下，溫李諸公，血竭鬢枯，矜詫累日者，子于受戒一刻，隨口而答，那得不哭殺阿翁也。然則子固止一綺語罪耳！……。」（續8－9）

「固止一綺語罪耳」，實非罪小鸞，乃讚小鸞也。而全文最末的按語，更透露了紹袁撰此文之用意所在，其按云：

師有《瓊期外紀》云：「軒轅時，王屋山小有清靈之洞，真人侍女名成璈，即瓊章最初前身也。……」（續15）

因此本文哀傷語氣全無，可知乃招魂之變體。或許如沈自徵〈祭甥女瓊章文〉（返62）所云，瓊章乃「元從蕊珠碧落而來示現，一十七年將嫁不嫁，完汝蓮花不染之身，不惜以身說法，蟬蛻而逝，度茲有情眷屬，則汝之來，豈偶然則也？」

然而，在許多時候，葉家並不能如《續窈聞》中所云，跳脫出悲傷的陰霾中，反而深陷其中，沈氏宛君即曾云：「余亦知情緣有限，恩愛必離，奈俗念未銷，塡膺難遏，聊草數言，以志痛云爾。」（〈哭長女昭齊〉小序，鸝43）又如宛君有〈夜夢瓊章女〉五言古詩、〈哭季女瓊章〉七言古詩、〈季女瓊章傳〉等，皆爲悼亡之作，句句引人落淚，或云其欲效〈長恨歌〉以傳世，沈宛君則云「愛女一死，肝腸寸斷，淚眼追思，拉雜寫出，略記一二，不及盡述，豈欲效才人舞文弄墨以欺世盜名耶？」（鸝165），又如《屺雁哀》的小引云：

童稚之作，非敢輒災木也。痛悼之深，存以見志。（屺1）

確實這些悼亡之作，在各方面都算不上是精品，但就「痛悼之深」，實可見其志之誠，如葉世佺〈哭母〉其九末四句云：

流涕以宵旦，中心用耿耿。

敬養靡有時，不如自身殞。（屺3）

即思以己身換母之生還，足見孝思之誠。

葉世儋〈哭亡兄聲期〉其八，甚且發出如此絕望哀怨之聲：

最恨皇天偏毒我，半生祇有斷腸時。（屺 23）

又如小鸞〈己巳春哭沈六舅母墓所〉：

十載恩難報，重泉哭不聞。

年年春草綠，腸斷一孤墳。（返 10）

這年小鸞十四歲，而沈六舅母張倩倩在她十二歲時逝世，所謂「十載恩」，是指葉家在小鸞生後，家貧乏乳，將她寄養沈君庸家，至十歲方歸。「難報」，既指舅母已死，亦指目前自己的她，年紀尚幼亦不得報也。「重泉哭不聞」句，脫自白居易〈寒食野望吟〉：「冥冥重泉哭不聞」，人已杳杳，再痛哭也喚不回。「年年春草綠」則是希望舅母能像離離原上草一樣，春風吹又生，但春草年年會綠，人死卻不能復生。念茲及茲，怎不令人腸斷呢？

小紈〈哭聲期弟〉其五則從較溫婉的角度紓發，其後二句云：

窗外芭蕉清露滴，猶疑夜半讀書聲。（屺 25）

「猶疑」二字點出小紈似信未信，恍惚寤寐的心理，彷彿弟弟仍在隔室用功，卻又不然。

世佺〈祭弟聲期文〉亦云：

我祖我父，世以宦貧，家無幾室，屋止數椽。諸人相聚，共一斗室。黃昏夜雨，夏簟冬缸。商榷古今，謔浪笑傲。情誼何如？樂可知也。

（百 25）

貧中作樂，具現手足骨肉之情矣！這種「商榷古今，謔浪笑傲」的情景是他們記憶最深的，包括姊弟之間功課上的切磋，如世佺〈祭亡姊昭齊文〉云：

佺少時，父母命誦《毛詩》十五國風及二雅諸頌，無不與姊相對几席，朝夕吁吟。佺有未達，靡不悉為指示。半世手足，兩年師友。（愁 47）

雖然他們鮮有民生國事之宏作，但集中所抒之小情小景，卻更見其真摯情誼之流露。然而天妒賞心樂事落葉家，禍無雙至，禍不單行，使葉家在一片淚光中銜哀致誠。要如何才能延續往日美好的時光呢？無非是夢（參見下一節），故宛君在〈悼嫂〉一詩中末聯云：

每作逐家夢，相逢恍昔時。（鸝 24）

正說明了，夢是他們溝通陰陽兩界的管道，昔時是他們美好的記憶，而所有

的祭文所表現的，無非是乎又是以寸管難以盡之的，故云：

> 腸寸剪兮何有之，書哀辭兮難伸悲。(〈哭季女瓊章〉(鸝21))

然而，「夢中之情，何必非眞？天下豈少夢中之人耶！」〔註14〕如他們這般者，「乃可謂之有情人耳。」〔註15〕

三、宗教信仰的依託超越

沈自徵〈祭甥女瓊章文〉云：

> 謂天無情，何故鍾此異寶？謂天有情，何故肆此奇毒？即使蚤殤中天，亦未至爲大慘，獨不先不後，摧折於嫁前之五日？……余輩皆學佛人也，余以道念不堅，復墮塵網，汝母爲吾家道韞，夙有根器，以兒女情多，未能灑脫。汝父與翁，亦素究心禪學，凡此眷屬，皆所謂無著天親。汝正如龐家靈照，視日影而先化，以策勵乃公乃媼，因緣會合之際，其故微矣。夫我輩情根纏綿，飄沒愛海，吾佛慈悲，正於人情最奇最艷、甚深甚戀之處，猛下一剪，如鋒刀冷體，使人痛極方省，恨極始淡，見此風花泡影，明明如是。閻羅老子，正是老婆心切。假使汝關雎宜家，相夫榮貴，玉臺香筍，品月評花，不過如李易安、楊夫人，以文明一代，垂聲來世巳耳。汝元從慈珠碧落，而來示現，一十七年將嫁不嫁，完汝蓮花不染之身，不惜以身說法，蟬蛻而逝，度茲有情眷屬，則汝之來，豈偶然者邪？(返61－62)

從上文可知沈、葉二家皆多究心禪佛之輩，但卻因多情而「有著」。而瓊章的死，乃「不惜以身說法」以「度茲有情眷屬」。這裡體現了一個過程，即從「情根綿綿」到「無著」的境界。

晚明江浙文士多崇奉三教合一，融合儒釋之風尤爲普遍，一般士子作文多喜用佛語，葉氏母女作品亦不乏此類。證之以詩文，知其因實起於女子無法排遣傷感憂愁，轉而皈向空王的「依脫」心理。故沈自徵又在〈鸝吹集序〉中引沈宛君語：

> 從夫既貴，兒女盈前，若言無福，似乎作踐。但日坐愁中，未知福是何物。此生業重，惟有皈向空王，以銷之耳。〔註16〕

〔註14〕見湯顯祖《牡丹亭·作者題詞》。
〔註15〕同註14。
〔註16〕見《鸝吹集》，沈自徵〈鸝吹集序〉，頁5。

一行道人沈大榮在〈葉夫人遺集序〉中亦云：

> 居恆廣和篇章，閫範頓成學圃。精心禪悅，庭闈頗似蓮邦。〔註17〕

《列朝詩集小傳》中對葉紈紈的介紹，也提到：

> 昭齊皈心法門，日誦梵笈，精專自課。病亟，抗身危坐，念佛而逝。
> 〔註18〕

「此生業重」實因感「諸行皆苦」所致；「庭闈頗似蓮邦」說明了母女們共體禪悅的家庭氛圍。至於昭齊的「念佛而逝」，足見其最後之依託所在。

　　然而，細檢母女三人的出世之思，發現「生離」、「死別」所引起的超塵之思是有別的，如葉小鸞所作，並不涉及家人早夭（因其自身乃屬早夭），故〈秋雁〉詩中表現為：

> 我無遼陽夢，何事飛蒼茫。所有一緘事，欲致瑤臺傍。
>
> 寄之西王母，賜我金玉漿。一吸生瓊羽，與爾共翱翔。（返2─3）

紹袁按云：「遐思曠想，自當僊去，豈塵世所能久留！」又〈遊西湖〉云：

> 堤邊飛絮起，一望暮山青。畫楫笙歌去，悠然水色冷。（返9）

紹袁歎道：「十三歲女子不喜繁華，而喜笙歌去後之水色，清冷淒涼之況，超凡仙塵之骨，已兆此矣。」

　　這種遐思曠想，並非遭受人生大打擊而起，乃天性所致，而她的一生更與佛緣相繫。沈大榮〈葉夫人遺集序〉中即曰：

> 瓊章……性愛煙霞，潛通梵奧……，慈仁寬厚，固自性植，其亦意
> 生身耶？許字玉峰張公子立平，詔年十七，催粧禮報，忽為現疾維
> 摩。出閣將臨，竟爾蓮胎託質，臨終略無昏態，惟枕母臂間。星眸
> 炯炯，佛念騰騰，似入定頃，怡然而逝。

文中所用詞語，如「潛通梵奧」、「意生身」、「現疾維摩」、「蓮胎託質」、「佛念騰騰」等等，都呈現出小鸞與佛的淵源甚深。信佛崇教，並不一定與人生有關，如後文所述葉紹袁，亦半由天性所致。佛教講三世因緣，那麼小鸞的信佛或許與前世有關。她的前世在前面文中也提到「軒轅時，王屋山小有清靈之洞，真人侍女名成璩，即瓊章最初前身也。」（續14）

　　至於沈宛君、葉小紈二者，則是親睹家人一再遭受摧折，轉而捨卻。沈宛君〈哭長女昭齊〉其一末兩句，就云：

〔註17〕見一行道人大榮〈葉夫人遺集序〉，收於《午夢堂集》，頁2。
〔註18〕見錢謙益《列朝詩集小傳》，頁755。

回首從前都是夢，劬勞恩怨等閑消。（鸝 43）

此乃因「每感生離多慘切，豈能死別少酸辛」（〈哭長女昭齊〉，鸝 43），生活的慘切、辛酸，促使她們有「黃粱一枕何時覺，覺悟生前定有因」（同前，鸝44）之感。

有此覺悟，故祈「憑仗如來施慧劍，情根斬斷赴慈航」（〈亡女瓊章週年〉其二，鸝46），正因「江淹難寫千秋恨」，只好「唯叩華香向佛前」（同前，其四）。

小紈《鴛鴦夢》亦透露了「諸行無常」的佛教觀，其云：

〔耍孩兒〕……受夠了些死生離別，始悟無常。（鴛 9）

故其「從今後不戀繁華，不思富貴，不問年光，鎮日裡修身學道，經翻貝葉，爐爇檀香。」（〔鮑老兒〕，鴛 18）

而身為一家之長的葉紹袁，《吳江縣志》本傳稱：「紹袁生有奇慧，博覽群書，兼通釋氏宗教之旨。」其自號「天寥」，據《自撰年譜》云：

夢在一小寺中，蘿徑幽僻，軒館甚小，有香火寥落，陊垣蔓草之感。古柏數株，清瘦如削，似夜雨曉霽，蒼翠猶濕。獨余步廊廡間，寂然無人，余恍然若有所悟，自念云：「吾前身名氏為某，今在此為僧……。」〔註19〕

妻宛君去世後，泐菴也曾寫信勸他「早學佛事」。〔註20〕順治二年（西元 1645年），亦因家門屢遭不幸，又目睹山河破碎，堅決不肯事虜，覺世情塵緣都絕，乃削髮為僧，遁入空門。

對於這麼「具人生之眾美，極宇宙之奇哀」〔註21〕的一個家族，因緣際會之後，又將一切還諸天地，實在是令人不勝欷歔！

第三節　女性願望的夢境投射

《關尹子·二柱》云：

天下之人，蓋不可以億兆計。人人之夢各異，夜夜之夢各異。〔註22〕

同書〈六七〉又云：

〔註19〕見《自撰年譜》，頁 35。
〔註20〕同註 19。
〔註21〕同註 17。
〔註22〕《關尹子》，卷上，頁 19～20。

好仁者好夢松柏桃李，好義者多夢刀兵金鐵，好禮者多夢簠簋籩豆，

好智者多夢江湖川澤，好信者多夢山岳原野。〔註23〕

白居易〈寄行簡〉則云：

渴人多夢飲，飢人多夢餐。〔註24〕

說明芸芸眾生皆有夢，且夢各相異，復因所求不同而在夢中求取補償的對象
也不同。正因爲這種投射作用，中國古代文學作品中除了純粹記夢之作品以
外，往往會以夢爲喻（如莊周夢蝶）、狀物寫景或抒情議論，以表現被夢幻了
的某種現實生活，表達作者的思想、情感、願望等。在這類的作品中，夢常
常只是一種象徵或比喻。亦即是說寫夢的本身並非創作之目的，其意旨乃在
所寫夢境之外。那麼深入探討和準確理解其言外之意，也就成爲此類作品的
關鍵。本節所謂「女性願望的夢境投射」，即是以意逆之，探求其夢境中所欲
投射的「願望」爲何？

　　首先，談小紈創作的《鴛鴦夢》，很明顯的，是自身遭遇的投射。前面提
到蘇子卿寫的「昔爲鴛與鴦，今爲參與辰」，可說是其本事之由來，然若深一
層探討，似又不僅止於此，因其舅沈君庸在〈小序〉中云：

迨夫瓊摧昭折，人琴痛深，本蘇子卿「昔爲鴛與鴦」之句，既以感
悼在原，而瓊章殞珠，又當于飛之候，故寓言匹鳥，托情夢幻，良
可悲哉？〔註25〕

「在原」典出《詩經・小雅・常棣》，指的是兄弟患難相共；「匹鳥」典出《詩
經・小雅・鴛鴦》，言其止則偶，飛則爲雙，亦即此劇寫的就是姊妹之間出雙入
對、患難相共的手足之情，其方式是寓言、夢幻，寄託的就是一份情意。這個
創作模式，其實與湯顯祖所云「因情成夢，因夢成戲。」是類似的。〔註26〕湯
氏所提出這個由情到夢，再由夢到戲的程式，其中情是動因，生出夢來，而在
夢的展開中演化成戲，這是他在現實與理想之間所搭起的一座橋梁，只有在夢
中才能任情自由，起死回生。同樣的，葉小紈傷悼姊妹的亡逝，現實中根本無
由挽回，只有到夢中去構築理想，「生者可以死，死可以生」，〔註27〕而且「夢

〔註23〕《關尹子》，卷下，頁 15～16。
〔註24〕見《白氏長慶集》卷第十〈感傷〉二，頁 202。
〔註25〕見沈君庸〈鴛鴦夢小序〉，收於《鴛鴦夢》。
〔註26〕見《湯顯祖集・詩文集》卷四十七〈復甘義麓〉。
〔註27〕見湯顯祖《牡丹亭・作者題詞》。

中之情，何必非眞？」〔註28〕故沈君庸所云「托情夢幻」實一語道破小紈願望的夢境投射。

本劇敘述蕙百芳（字茝香）午寐中，夢池中一朵並蒂蓮爲狂風吹折，一對鴛鴦沖天而去。醒來時，遊於鳳凰臺，與夢中所見相同。此時，適有昭綦成（字文琴）與瓊龍雕（字飛玖）迎面而來，三人相談甚歡，結爲金蘭。次日爲中秋佳節，遂相約同登鳳凰臺，飲酒賦詩爲樂。翌年中秋，風雨陰晦，蕙茝香苦念昭瓊二友，秋燈孤影，倍增惆悵。是夜，百芳夢見龍雕來訪，情景悽慘。次日竟傳來龍雕噩耗，兼程趕去弔唁，正撫棺慟哭，蒼頭又報說綦成因獲知此訊，病體轉遽，一痛而絕。自此百芳大悟人生無常，乃訪道終南山，遇呂純陽指點，悟道之餘，又與綦成、龍雕重聚，回到仙籍同往瑤池爲西王母獻壽。

與葉家三姊妹生平相對照，紈紈、小鸞死於崇禎五年，各爲二十三、十七歲，是時小紈則是二十歲，正與劇中三人年齡相同，且死亡順序亦是先妹後姊，故可說是以實作實的寫法。

又，劇中三人飲酒和詩，即是姊妹日常閒事；而託語度脫，雖落俗套，蓋亦取諸實情。《列朝詩集小傳·閨集》即曾如此形容小鸞：

> 亡後七日，乃就木，舉體輕軟，朱書瓊章二字於右臂，臂如削藕，
> 冰雕雪成，家人咸以爲仙去未死也。〔註29〕

而葉家又虔信佛教，加上傳說小鸞靈異事紛紛，以至於葉紹袁不得不云：

> 種種仙跡，有不可盡述者，述亦未必信。〔註30〕

且親朋好友早已視小鸞爲仙，如吳山〈挽葉瓊章〉：

> 吳江葉瓊章，十二歲有奇才，十七歲有奇慘。予讀遺集，始極悲，
> 悲將五日而負結繩；既極羨，羨先五日而脫塵網。瓊章本仙也，其
> 見諸吟詠與自命煮夢子，無非仙也。（形上15）

因此，假託爲仙女謫凡，復使「三仙子齊歸正道」（鴛2），也就其來有自。

今人徐扶明〈明清女劇作家和作品初探〉曾云：

> 葉小紈的《鴛鴦夢》，出現在劇中的三個才子，都是由仙女降世變男
> 兒。看來，這些劇作，都是以女作男，各展其才，各現其志，強烈

〔註28〕同註27。
〔註29〕見錢謙益《列朝詩集小傳》，頁755。
〔註30〕見葉紹袁〈蕉窗夜記·後記〉，收於《返生香》，頁48。

地表現了「巾幗翻作大丈夫」，不甘心處於「雌伏」的屈辱地位，並借以爲當時身受封建重壓的婦女大鳴不平，一吐怨氣。〔註31〕

明清女劇作家的劇作，有些是以「夢」作爲劇名的，如《鴛鴦夢》……出現在這些夢境中的女子，都是大顯身手，各展才能，寄托著作者的美好願望。但是，其中也往往宣揚了「人生如夢」的思想。比如葉小紈的《鴛鴦夢》結尾，蕙百芳看破世情，上終南山尋仙，經呂洞賓指點，頓時醒悟到「人生聚散，榮枯得失，皆猶是夢。」〔註32〕

以上兩段話頗具啓發性。《鴛鴦夢》劇中仙女爲何得化身爲男兒，方能各展其才？因爲中國千年的禮教壓迫，不僅限制了婦女行動的自由，也極大地束縛了她們的思想。雖然有些女子頗負才華，渴望一展長才，卻又不知出路何在，於是只好易裝。這也是花木蘭必須「易裝」才能代父從軍，黃崇嘏必須「隱性」，才能宦途大展。非唯葉小紈如此處理，其他如吳藻的《飲酒讀騷》（又名《喬影》），寫女子「自慚巾幗，不愛鉛華」作男子裝，飲酒讀〈離騷〉，「今朝並入傷心曲，一洗人間粉黛羞。」「美人幽恨才人淚，莫作尋常詠絮看。」何佩珠的《梨花夢》劇中主角，女易男裝，自道：「厭爲紅粉，特挽烏巾，敢夸名士風流，聊洗美人習氣。」明白表示「天公奇福何嘗吝，不付男兒付女兒。」爲沉埋閨閣十數年的女子大吐了一口怨氣。至於「人生如夢」，大抵是受家庭風氣影響（「庭闈頗似蓮邦」），母親早「皈向空王」，父親也自號「天寥道人」〔註33〕亦是一例，姊姊昭齊亦「皈心法門」，故劇中有「人生如夢」之思想，亦想當然耳。但值得注意的是，除此之外，「寓言匹鳥，托情夢幻」也是其創作動機所在，末了之徹悟，實乃透過夢幻之形式，寄託姊妹重聚之願望。

　　進一步檢視葉氏母女其他作品中提及夢境者，看看其中蘊含著何種願望。沈宜修四十一歲時，丈夫乞養歸里，四十三歲時雙女去世，反映在作品中的夢境亦迥然有異。四十一歲以前所寫，多與紹袁宦遊在外有關。如本章第一節提到的〈立秋夜感懷〉：「高林一葉人初去，短夢三更感乍生。」以及

〔註31〕見徐扶明〈明清女劇作家和作品初探〉，收於《元明清戲曲探索》，頁273。

〔註32〕同註31，頁274～275。

〔註33〕葉紹袁《甲行日注》八卷署名不一，如卷一署「華桐流衲木拂」；卷二署「雨山流衲木拂」；卷三、四署「一字浮衲木拂」；卷五署「茗香客衲木拂」；卷六至卷八署「松雲巢衲木拂」。木拂爲其僧號；而流衲、游衲、浮衲等都表示他的漂泊無依。以上說法見陳師萬益《性靈之聲・明清小品》，臺北：時報文化出版公司，頁16。

自注「此詞夢中所作」的〈憶王孫〉之一云：

> 天涯隨夢草青青，柳色遙遮長短亭，枝上黃鸝怨落英。遠山橫，不
> 盡飛雲自在行。（鸝101）

〈感秋〉一詩云：

> 月向天中小，人驚秋暮悲。玄霜初落候，客夢未歸時。
>
> 縹渺三湘雁，蕭條雙鬢絲。空餘舊蕭管，懶對月明吹。（鸝24）

〈憶王孫〉是一首記夢的閨怨詞，寫作者在夢中與丈夫遠別的情景。由「草青青」起興開篇，不禁令人想起白居易的〈賦得古原草送別〉：「離離原上草，一歲一枯榮。野火燒不盡，春風吹又生。遠芳侵古道，晴翠接荒城。又送王孫去，萋萋滿別情。」都是由眼前的青草起興，表達對親友離別時的思念。「柳色遙遮長短亭」則是隱括了李白的〈憶秦娥〉：「簫聲咽，素娥夢斷秦樓夜。秦樓夜，年年柳色，霸陵傷別。」及〈菩薩蠻〉：「玉階空佇立，宿鳥歸飛急。何處是歸程？長亭更短亭。」的詞意，以表達自己深婉的傷別之情，而黃鸝鳴聲本是十分悅耳，此時聽來卻似乎傷春惜花而怨啼，只因為所愛者即將離去。作者目送丈夫離去，漸行漸遠，而青山卻無情地橫在眼前，遮斷丈夫的身影，更令人氣結的是那些飛雲，不管作者心中有多少愁，卻自由地在天空上飛行。

〈感秋〉詩，首聯寫明月在天，作者驚覺時序的流轉已至暮秋，不禁悲從中來。頷聯說當厚霜降下，做客在外的丈夫就該歸來，夢盼夫歸卻未歸。頸聯則寫大雁向知南飛，丈夫卻至今未回，遂使她愁生華髮。末聯則睹物思人，思想起從前是夫唱婦隨，如今雖說懶得拿出舊蕭管來吹，其實乃是怕觸景傷情。

從以上兩首作品，我們可以窺知在四十一歲以前，丈夫五年在外，宛君夢中所盼者，無非是丈夫的早日歸來。但四十一歲以後，丈夫回來了，家中卻陡逢變故，四十三歲以後的宛君，對生活的艱巨認識更深。家道中落，子女夭折，再度寫夢，多帶哀傷與無奈，甚至沉痛。如〈夜夢亡女瓊章〉：

> 東風夜初回，紗窗寒尚冽。徘徊未成眠，銅壺催漏徹。
>
> 偶睡夢相逢，花顏逾皎雪。歡極思茫然，離懷竟難說。
>
> 但知相見歡，忘卻死生別。我問姊安在？汝何不同挈？
>
> 指向曲房東，靜把書篇閱。握手情正長，恍焉驚夢咽。
>
> 覺後猶牽衣，殘燈半明滅。欹枕自吞聲，肝腸盡摧折。（鸝12）

又如〈亡女瓊章週年〉：

> 觸景傷心萬事悲，悠悠生死隔年期。
>
> 眼枯淚盡流清血，腸斷情還倍亂絲。
>
> 浪影雲歸何處問，無蹤夢去總難追。
>
> 搖搖虛幌靈安在，侍女添香知不知？（鸝45）

不唯肝腸盡摧、眼枯淚盡，甚至已是到了泣血（「流清血」）的地步，夢中雖仍可「握手情正長」，但醒了以後呢？「無蹤夢去總難追。」這種骨肉死別，比起夫離終有歸來之日的等待是更長遠了。

　　然而，耐人尋味的是，亡者瓊章生前自號「煮夢子」，其父在〈蕉夢夜記〉按云：

> 閨中婉孌，自託名煮夢子，固奇。煮夢二字，造意尤新，豈黃梁猶
>
> 未熟，一夢到華胥之意歟？（返48）

小鸞在〈浪陶沙·春閨〉中亦云：「一縷茶煙和夢煮」（返32）對小鸞個人生命情境而言，現實與理想的藩籬已然破除，不僅視人生爲一夢境，己身亦以觀賞態度行世。周秀蘭〈挽瑤期〉謂其「性帶煙霞秀可餐，蕉窗煮夢靜無喧。」（彤18）足見其不食人間煙火之形象與自號相符。

　　總上所述，小紈的《鴛鴦夢》與沈宜修四十三歲以後所敘夢境，不一而足，都是指向一個願望——死者可以返生，再享天倫之樂。而這種對生活的執著追求，則是寄託在家庭、姊妹之情上的，並非物質生活上的享受。冀望情感世界的豐富，這是葉氏母女的共同心願，因此葉氏一家的作品也就可圈可點。

第五章 《午夢堂集》的意象塑造與女性經驗描寫

第一節 女性作品的意象塑造：梅花

意象的定義有二：一指事物經概念化而於心中呈現的形象；另一指文學、藝術家融合其主觀意識和情感，於作品上所表現的造形或意境，具有暗示或象徵的功能。作為詩人的一種心理活動，意象的創造無非是過去有關的感受或知覺上之經驗在腦海中的重現或回憶，可說是作者內心世界的自我表現。

雖然意象有時乃出自於文人、歌者歷代相沿的集體創造，因此具有遞相沿襲性；有時又不僅止於此，而具有多義歧解性，是讀者和作者的共同創造。但不管如何，它的目的全輻輳於作者內心世界的自我表現。

本節運用機率統計的方法（亦即預測一個事件發生可能性的比例值為多少），來分析《午夢堂集》中的詠花詩，發現葉氏母女所有的詠花詩中，詠梅比例最高，〔註1〕除葉小紈只有一首留下外，〔註2〕其餘三人作品比例分別如下：

〔註1〕 雖然葉紈紈、葉小鸞詠梅詩並未超過 50%，但其餘各花的吟詠，亦未超過詠梅一類的比例值。而此節專論詠梅詩，恕其餘各類比例值從略。

〔註2〕 〈乙亥春仲，歸寧父母，見庭前眾卉盛開，獨疏香閣外古梅一株，幹有封苔，枝無膡瓣。諸弟云：「自大姊、三姊亡後，此梅三年不開矣。」嗟乎，草本無情，何為若是！攀枝執條，不禁淚如雨下也。〉
輕寒剪剪鎖花臺，對景傷懷總是哀。
獨坐空閨情索莫，閒行曲徑影徘徊。
滿庭碧草和煙動，幾樹紅蕤帶雨開。

	全部詠花詩	詠梅詩	百分比
沈宛君	156	121	78%
葉紈紈	27	10	37%
葉小鸞	33	10	30%

可見此梅必爲其家中庭中所植，日常可見，且必爲母女所共賞之植物。梅花本身必具有某些特質爲作者所喜愛，或甚至與作者人格、氣質上有相類似之處，以下即據此論題發揮。

要尋求兩者之間有相通之特性，必須透過作者眼睛去看，亦即從作品中去挖掘，因爲梅花在植物學上的特徵，不一定全爲作者所採取爲詠歎對象，而作者所體認的也不一定與植物學上認定的相符，故此時必須以作者所體認者爲主，然後逆求作者人格、氣質爲何？亦即作者日常生活實踐以何原則自守，兩相比較，必有異同體現。

一、賦性多愁的沈宜修

其弟沈自徵序《鸝吹集》時云：

> 獨賦性多愁……山花開落，隴月盈虧，光陰往來，榮瘁互代，而臺
> 前鏡裡偏多踽踽之懷，綠水芳叢，恒如搖落之感……今閱其遺編，
> 如怨鶴空山，離鴻朝引，令人恍恍殆不欲生。〔註3〕

從沈自徵的閱讀經驗中，我們可以掌握到，沈宛君「賦性多愁」，故反映到作品中的詠花詩，亦多「搖落之感」。

在進入解析前，先比較林逋的〈山園小梅〉與沈宛君梅花詩之八與九十六、九十八三首。

〈山園小梅〉

> 眾芳搖落獨鮮妍，占盡風情向小園。
> 疏枝橫斜水清淺，暗香浮動月黃昏。
> 霜禽欲下先偷眼，粉蝶如知合斷魂。
> 幸有微吟可相狎，不須檀板共金樽。

惟有梅魂知別恨，不將春色到窗來。（存7）

〔註3〕見沈自徵〈鸝吹集序〉，收於《午夢堂集》，頁4。

　　〈梅花〉之八

　　　疏香疏影向閑窗，疏雨疏風向曉釭。

　　　為問三湘花發日，煙波流恨滿春江。（梅2）

　　〈梅花〉之九十六

　　　疏影橫枝倚小廊，玉屏香霧映瀟湘。

　　　鳥啼不管容消減，腸斷黃昏賦短章。（梅17）

　　〈梅花〉之九十八

　　　亂鳥呼春墮粉光，檀心雙蒂縮鴛鴦。

　　　一從和靖吟殘後，終古風人淚綺絏。（梅17）

後三首在詞句用典上，多多少少與前一首有關，但風格迥然不同。林遹所寫，風格淡遠，與其人恬淡好古的個性恰好相符。沈氏所抒卻如怨鶴離鴻，恨滿春江、腸斷黃昏、淚濕綺絏，而面對同樣的吟詠對象，以及相同的黃昏、暗香疏影，體會卻判若天壤，誠如其弟所云：「賦性多愁」。

　　在沈氏的眼中，梅花冷淡孤疏的形象並不凸顯，只出現在之四「天生瘦骨支寒歲」（梅1）、之十七「高情不與眾芳同」（梅3）、之五十「羅袂迎春只淡粧」（梅9）、之八十三「蕭疏孤韻耐詩窮，不逐紅香鶯燕叢。」（梅14）及之九十四「水骨拂霜甘冷淡」（梅16）等寥寥幾首。而是視梅花為一怨婦、思婦之傾訴對象或自擬代體，因此，在許多情況下，非實際詠花，而只是心情之吐露而已。

　　檢視〈梅花〉詩一百首中的用典情形，最能強烈感受到沈氏自比為思婦、怨婦的心理投射，如之三十五：

　　　寶瑟泠泠語恨長，安排魂斷付餘香。

　　　長門寂寞眉慵掃，對鏡羞粧額半黃。（梅6）

「長門」典出司馬相如〈長門賦〉，本指陳皇后被漢武帝廢棄時所居之冷宮。之九十七，「長門」這個典又再度被提起：「賦就長門思有餘，拂箋空怨綵毫書。」「長門」的寓意，歷代以來被固定為遭冷落後之居所，因此，宛君自比為怨婦的用意甚為明顯。之七十二又云：

　　　宮漏催殘冷玉虯，梨雲夢醒夜迢遙。

　　　明皇不識江妃恨，空賜珍珠慰寂寥。（梅13）

江妃即是江采蘋，傳說為唐明皇妃，性喜梅，所居均植梅，因號梅妃。曾因

楊貴妃受寵而遭冷落，後明皇又曾私會梅妃，贈珍珠一斛以慰寂寥。〔註4〕此
詩雖因梅而詠梅妃，蓋亦因古人而寫己之閨怨。以上用的是明典；尚有暗典，
亦寄寓冷落孤寂之意，如之六十三：

> 雪消蕙草意闌珊，寒峭難禁逼素紈。
>
> 日晚片雲何處落，敬亭春後半凋殘。（梅 11）

「雪消蕙草」在唐人楊巨源〈崔娘詩〉中出現過，他云：

> 清潤潘郎玉不知，中庭蕙草雪銷初。
>
> 風流才子多春思，腸斷蕭娘一紙書。

此詩乃是根據元稹〈會真詩〉中張生拋棄鶯鶯的情事寫成（參見元稹〈鶯鶯
傳〉及陳寅恪〈讀鶯鶯傳〉）。因此第六十三首，棄婦思婦的形象藉由典故的
暗用遭到加強。另在之九十四也有異曲同工之妙，其云：

> 脆香輕冶可勝春，翠陌頻吹欺素茵。
>
> 水骨拂霜甘冷淡，堤邊莫怨柳條新。（梅 16）

化用的典故，應是王昌齡的〈閨怨〉詩：

> 閨中少婦不知愁，春日凝妝上翠樓。
>
> 忽見陌頭楊柳色，悔教夫婿覓封侯。

溯回王昌齡詩作，題為「閨怨」，如此即可明顯看出沈宛君的「閨怨」之傾訴。

　　而怨婦、思婦與季節，尤其是與春天的關聯性特別密切，因為春天的結束、
容顏的老去與花木的衰頹，很容易取得相似性，因此沈氏就在詠梅詩中來處理
花木「搖落之感」，以及人類恆遇之難題——青春易逝。這種感受隨處可見，如
之三十八「憔悴對花花笑我，不關春色著誰憐」（梅7），之四十四「幽窗夜夜情
多少，幾度花飛黯自驚」（梅8），之五十二「玉容倒影憑流水，依約東風不忍看」
（梅9），之八十七「偏憐玉色供零落，愁對青山酒一卮」（梅 15）等皆是。雖
強自解免，云：「莫恨錦屏春漸老，餘香猶染舊羅裙。」（之八十一，梅 14），可
以「聊對疏枝寄素悰」（之八十四，梅 15），然而還是不得不怨恨東風不管人憔
悴，故發出「多情自古怨東風」之語。梅花象徵自潔高傲，葉氏家道中落，是

〔註4〕曾永義先生認為梅妃是被塑造出來的，梅妃爭寵也是增飾的情節。「因為明皇
　　　妃嬪中其實並無梅妃『江采蘋』其人，她大概只是作者因感白樂天上陽白髮
　　　人『臉似芙蓉胸似玉，未容君王得見面，已被楊妃遙側目，妒令潛配上陽宮，
　　　一生遂向空房宿。』的詩意，為了紓發帝王後宮苦命佳人的幽怨，而被塑造
　　　出來的『上陽宮人』的典型罷了。」參見《說俗文學·楊妃故事的發展及與
　　　之有關的文學》頁 131～148。

沈氏「多愁」根由之一。而家境的變化，並不使沈氏頹然，故而以梅花自喻。

最後，以第八十二首和歐陽修的〈蝶戀花〉相互參看，來作爲沈氏詠梅之生命情境的定格。

〈梅花〉之八十二

念花還問花知否？暮色平林帶雨看。

正是沉沉深院靜，黃昏無語倚欄杆。（梅 14）

〈蝶戀花〉

庭院深深深幾許？楊柳堆煙，帘幕無重數。

玉勒雕鞍游冶處，樓高不見章臺路。

雨橫風狂三月暮，門掩黃昏，無計留春住。

淚眼問花花不語，亂紅飛過秋千去。

後者是描寫少婦深閨獨守的苦悶心情，藉由後者更可反證前者亦然。更重要的是，經由這樣的比照，後者提出「無計留春住」，正是前者隱去未言的主旨所在。沈氏這種汲取傳統的表現手法，雖不免使詩旨稍顯隱晦，卻加深了詩的表現空間。然而令人疑惑的是，沈氏用了一些棄婦典故，究竟是她爲古人傷感，抑或自傷之作？其身世資料告訴我們不可能是後者，因爲他們夫妻十分篤愛深情；至於前者，恐非如此單純而已。其實，沈氏是繼承了中國閨閣名媛的詩詞傳統，常常強調她們處身景況的無奈及被拋別的感受（甚至當她們嚴格說來並未遭棄，僅是暫時與丈夫別離）。故沈氏用典並非泥執於原典之含意，而是取其寂寞孤單之感以自比。所以寂寞孤單，可能是丈夫暫時不在身邊。

然而，再深一層探究，也可能是因爲貧窮，名門大族中原先經常往來者已不再往來。如前引之〈梅花〉六十三，或許是借用〈崔娘詩〉中的詞，以喻葉氏家道中落，遭到一些勢利者的冷落疏離，故「棄」之傷感，或可聯繫國破的歷史背景：國將不存，何有家？「遺棄」之感油然而生。再者，經由作品的分析可以了解到身爲一個女子對季節的敏感及生命境況的不安與孤寂感，縱使此百首詩非作於丈夫紹袁離家之後，「觸緒興思，動成悲惋」〔註5〕依然是有可能的，尤其是發自於一位「賦性多愁」的女子口中。沈氏多愁，也或許是因爲身爲母親，並未帶給子女幸福、愉快的人生，所以母親的天職讓她自愁。

〔註 5〕同註3。

二、逃虛絕俗的葉紈紈

葉紹袁〈祭長女昭齊文〉云：

> 頃檢汝篋中遺墨無幾，大半與母妹賡和之什，次則怨碧淚紅之語，
> 豈傷心所寄，不欲多留？抑愁緒凝懷，芳魂銷骨，斷香零玉，不成
> 片段，故寥寥爾邪？（愁40）

可知植物詠歎也是紈紈作品中較多的一類，只不過，實際留存的數量並不多。
雖然「傷心所寄，不欲多留」，但仍可從〈梅花〉詩中看到紈紈「玉英吹落斷
人腸」（之七，愁15）以及「寂寞東風多少恨」（之五，愁14）的怨淚之語。
然而，紈紈「怨碧淚紅」之語非但不欲多留，而且不肯輕易吐露，難怪其父
描摩其神態云：

> 眉憐自鎖，怨恐人知。繡窗伴妹，未嘗偶話憂懷；清宵對母，並不
> 輕題恨字。（愁42）

「眉憐自鎖」之態，其實亦可從其詩中反映出來，如〈春日看花有感〉：

> 春去幾人愁？春來共娛悅。春去總無關，予空懷鬱結。
>
> 愁心難問花，階前自淒咽。爛熳任東君，東君情太熱。
>
> 獨有看花人，冷念共冰雪。（愁1）〔註6〕

作者明知春日之來去與人之感情本來無關，但當她看到春日歸去之時，仍情
不自禁地心懷鬱結，而所謂鬱結，乃心中本有愁，觸景又增愁也。而她的愁
實在太深了，深知縱使淚眼問花，花仍不語，所以只有獨自淒咽了，而這正
是其父所說的「眉憐自鎖，怨恐人知。」她說不輕題恨字，卻自然流露其態，
也因此，紹袁在其後按語：

> 即此一詩，一字一淚，大概已見無限愁思，不必更說矣。（愁1）

更重要的是，紹袁又云：

> 每思買山築塢，逃虛絕俗，招朋松桂，撫懷猿鶴，若必不能見世態
> 紛紜者。（愁42）

從詩中可見紈紈孤芳自潔，不願入俗的性格。此乃受父母影響，另外與其不
幸婚姻有關（參見第四章第二節）。故〈梅花〉詩中云：

> 高情不與梨花比，清韻堪羞桃李華。（之四，愁14）
>
> 幽姿不引蝶窺忙，簾外愁看芳草長。（之七，愁15）

〔註6〕《中國歷代才女詩歌鑒賞辭典》中，「冷念」作「冷香」，但查各種版本，皆
　　　作「冷念」，故引文不敢妄改。

　　春風消息入南枝，淡靄霏霏籠素姿。（之十，愁 15）

這種扣準梅花淡雅出世的形象以自托，小鸞〈梅花〉詩有相通之處（見後詳
論）然而誠如父親所言：「豈知汝口無言而心結；貌不悴而神傷。」（愁 40），
詩中從不見其感歎婚姻之不幸，只能由親人的悼文中，我們才深深覺到紈紈
的「逃虛絕俗」，乃是一種深受人生苦痛折磨後之決定，而「獨有看花人，
冷念共冰雪。」二句，實已昭示她生命的困境與孤絕，實無異是霜天雪地中
的梅花。

三、幽姿仙質的葉小鸞

　　葉紹袁〈祭亡女小鸞文〉云：

　　　首無璣珥之耀，衣無羅綺之容，鬢髮素簪，舊衣淡服，天姿潔修，
　　　自然峻整。（返 66）

說明小鸞平素穿戴不喜濃豔，雖只淡妝，亦不掩國色。這種習性實與其母無
異，葉紹袁〈亡室沈安人傳〉即云：

　　　生平不解脂粉，家無珠翠，性亦不喜豔妝，婦女讌會，清鬢淡服而
　　　已。（鸝附 26）

這也就是為何母女皆喜「天生瘦骨支歲寒」（之四，梅 1）的梅花，而「堪笑
西園桃李花，強將脂粉媚春華。」（之二，返 17），而「性亦不喜豔妝」，半由
天性所致，半則可能導因於「家無珠翠」，家貧自然就談不上任何物質上的享
受。（參見第四章第二節）

　　小鸞〈梅花〉十首中之五最足以代表與梅花之間的認同，其云：

　　　幽姿偏耐歲寒開，寄語東風莫浪猜。
　　　最是雪中難覓處，幾回蜂蝶自空迴。（返 17）

指出梅花凌霜吐蕊，散發幽香，是百卉中難覓的孤芳，其素心幽骨，是愛趨
繁華熱鬧的東風與蜂蝶所不能欣賞、理解的。這是一種天地俱寂，唯我獨芳
的冰清玉潔，是「畫楫笙歌去，悠然水色泠」的真淳冷淨。此詩風格與紈紈
不同，其姊詩云「幽姿不引蝶窺忙」，而這裏是「幽姿偏耐歲寒開」。前者表
現孤芳自賞，後者則是淡泊空幽（與其不喜鉛華相一致），兩者還是有區別。

　　職是之故，梅花的形象特質，與家人親戚一再視小鸞為謫仙十分相合，
如葉天寥《自撰年譜》崇禎四年云：「瓊章朝夕左右，傾國殊姿，仙乎獨立，

韻華靈慧,語亦生香。」〔註7〕又,小鸞〈梅花〉詩之一云:

> 仙質亭亭分外新,欹煙不語半含顰。
>
> 凍雲寒月如相識,雪裡無春卻恨春。(返 16)

這種幽姿仙質非人世間物,而其亦有自覺,甚至覺得天上的雲月似曾相識,彷彿已點出她本應列籍天上,實非紅塵中人。

因此,可以這麼說:小鸞筆下的梅花,除有冷淡孤芳的特點,又染上濃厚的仙質,恰可表現其人格形象。

從以上的分析可知,宛君「賦性多愁」,梅花在她的筆下,成為耐於等待的思婦、怨婦之形象代換;而紈紈「逃虛絕俗」的意念下,梅花又轉為一淡雅出塵的隱士,沒有賦予多少「怨碧淚紅」之語;至小鸞身上,則其幽姿仙質與梅花的孤芳素心,更是人格形象的相互認同。雖說母女連心,然文學稟賦使然,所流露之氣質自然不同。

第二節　女性經驗描寫:臨鏡

在進入本題之前,擬先舉三例以說明人們在臨鏡之時,內心的反映大致有悲、喜、羞三種情態:

(一)悲

李白〈將進酒〉

> 君不見高堂明鏡悲白髮,朝如青絲暮成雪。

「悲」中通常帶有強烈的「驚訝」之感,故以「朝」、「暮」極短的時間及「青」、「雪」色彩的剎那轉換表現時光之不饒人。

(二)喜

董解元《西廂記諸宮調》

> 生喜不自勝,整衣而待。

〔仙呂調‧戀香衾〕:

> 梳裏箱兒裡取明鏡,把臉兒挼得光瑩。
>
> 拂拭了紗巾,要添風韻……。

描述張生等待紅娘請宴前的仔細打扮,動作中難掩喜孜孜的喜氣以及自戀的

傾向。故「喜」中常帶有「自戀」之感。

（三）羞

湯顯祖《牡丹亭》第十齣〈驚夢〉

〔步步嬌〕：……停半晌，整花鈿。沒揣菱花，偷人半面，迤逗的彩
雲偏。步香閨怎便把全身現。

把正值青春年華的少女臨鏡不免忸怩的情態寫得活靈活現。

依此反觀葉氏母女作品，如能在三種情態的出現比例上有明顯差別，則
可約略窺測其生命情態與內心感情如何。

首先，我們來看「賦性多愁」的沈宛君，鏡子在她的筆下通常引發了何
種情態？

檢視《鸝吹集》中提到鏡子的詩與詞共六十八首，明顯帶有笑意、生機
的只有以下五首：

〈春日〉

百勞啼徹草煙肥，畫縠新裁謝女衣。
寶鏡春風花欲笑，繡簾明月夢初歸。
芙蓉彩鳳窺青鏡，楊柳宮鴉繞翠微。
自是片雲隨意去，碧苔空見淡煙飛。（鸝31）

〈六妹照鏡口贈〉

星眸夢乍舒，宛轉看不足。
一笑繞春風，含情低黛綠。（鸝54）

〈春日〉其三

餘花落處碧苔春，消盡東風夢裡身。
閒折海棠偷照水，漫簪雲鬢可宜人。

其五

鶯聲啼歇繡簾開，明月隨雲入楚臺。
鏡裡新娥春草碧，片霞歸去蝶飛來。（鸝68）

〈七夕贈六妹合歡〉

雲移曉月映新粧，柳葉迎風拂鏡長。
莫問姮娥清夜永，雙星此夕駕河梁。（鸝79）

而這五首中有三首是描寫春日景況，暗含有欣欣向榮之生機，但並不直接透

露作者情志。另二首,雖是歡笑氣息甚濃,然而值得注意的是,攬鏡者皆是他人而非自己,因此,極少數的五首中沾惹的只是季節或他人的喜氣,那麼鏡子之代表意義必須在其餘的六十三首中另尋。

六十三首中,「羞」的成分亦低,只有以下三首:

〈對鏡〉

> 徘徊羞對爾,瘦盡獨君憐。
>
> 憔悴還相共,愁看明月前。(鸝53)

〈贈文然姪新婚〉

> 拂鏡春山學淡描,羞郎猶自怯郎嬌。
>
> 從今莫歎摽梅晚,吹徹秦樓紫玉簫。(鸝68)

〈梅花〉之三十五

> 寶瑟泠泠語恨長,安排魂斷付餘香。
>
> 長門寂寞眉慵掃,對鏡羞粧額半黃。(梅6)

〈梅花〉詩中,「長門」一詞,在前節中已討論過,從這首詩的前後關係,可知其中所擬寫之女主角乃棄婦角色,「眉慵掃」、「對鏡羞粧額半黃」乃是因不再有「悅己者容」的機會所致,整首詩讀起來是悲調的。第二首是贈姪新婚,描繪的是別人的羞怯之態。〈對鏡〉一首雖有「羞」字出現,但更多的是「對影成雙人」的孤獨感,從其中的「徘徊」、「瘦」、「憔悴」、「愁」等詞組、字眼,都強烈透露作者的傷感,因此這首詩實宜歸入「悲」類。

〈對鏡〉一首中云「徘徊羞對爾」,其實就是沈自徵〈鸝吹集序〉中所形容的沈宛君:「而臺前鏡裡,偏多踟躕之懷。」而這種情懷正是底下六十首〔註8〕中所要探討的。

承前所言,明鏡常令人悲白髮生,而白髮生意味著青春的流逝、容華的減褪,尤其對女子而言,臨鏡的機會大大過於男子,其體認勢必更深一層。沈宛君在〈南鄉子・曉起感悟〉云:

> 又是春愁縈不了,忡忡減盡容華玉鏡中。(鸝131)

「又是」一詞,點明了年年皆是春愁無法排遣、了結;「忡忡」表示在心神不

〔註8〕 剩下的六十首中,有幾首是不涉及悲、喜、羞、驚、戀等心情,如〈月夜〉的「水鏡懸天出,松濤雜桂風。」、〈夏〉的「澄光入鏡映粧清,芳袖新飄蓋芳雨。」、〈望江南・湖上曲十二闋〉之一、之二、之五、之九、之十等皆是。故實際寫悲愁者約只有四十首之譜。

寧、恍惚驚訝之中，容華已經一分一分地減盡。而容華的減逝，之於女人，大半導因於良人的遠離與遲歸，如〈春別〉一詩云：

> 簾前殘月五更風，江上征帆掛碧舸。
>
> 客路片雲隨遠望，鏡中雙鬢歎飛蓬。
>
> 縈愁芳草千山遠，送恨啼鶯萬里同。
>
> 待約芙蓉秋水綠，莫教黃菊冷煙空。（鸝 32）

這是一首閨怨詩。「飛蓬」典出《詩經・衛風・伯兮》：「自伯之東，首如飛蓬。豈無膏沐，誰適為容？」作者感歎，自從心上人別後已無心櫛沐，鬢髮如同心緒一樣散亂。末聯以「黃菊」自比，希望在秋天家鄉的芙蓉湖水綠時，丈夫能翩然回來，莫教她這朵等在季節裏的容顏，如黃菊般凋謝！

然而秋天到了，衰颯的季節，更令人生愁，其〈點絳唇・秋思〉（鸝 107）云：「自憐粧鏡減容華」、〈烏夜啼・秋思〉（鸝 125）之九則說：「曙景休追殘夢，斷魂莫問良宵，羞將愁鏡臨愁鬢，無語伴無聊。」、〈暮秋感懷〉（鸝 78）亦曰：「雙鬢支離風月閑，羞將鸞鏡對衰顏。」、〈秋日病起〉（鸝 29）衰音更甚，其云：「衰顏青鏡在，一照一傷神。」、〈感懷〉（鸝 58）的前兩句：「池上芙蓉落，秋容鏡裡凋。」把自己的生命榮衰與外界植物花朵的開落相融為一，鏡裡鏡外的界限早已打破。

而值得注意的是《詩經・衛風・伯兮》第二章對後世閨怨詩的影響極大，歷代仿作層出不窮，從此懶得梳頭或無心畫眉幾乎成了「思婦」的標準形象。這個母題之所以被後世詩人廣泛採用，不只因為它形象地傳達了思婦的一種普遍心態，也與「男性中心文學」對這種態度非常欣賞有關。如毛《傳》云：「婦人夫不在，無容飾。」顯然把思婦的不事修飾解釋成她獨守空閨時竭力維持的一種儀表，而非心緒不佳，無心打扮的結果。〔宋〕羅大經也在《鶴林玉露》乙編卷五說：「蓋古之婦人，夫不在家，則不為容飾也。其遠嫌防微，至於如此。」自古以來便有不成文的規矩，當丈夫遠遊時，貞潔的妻子就不應該過於妝扮自己，或是佩戴華麗的飾物。也就是說「首如飛蓬」的外表不唯能躲過苛責的眼光，而且還會被人們視為守志不移的標誌。再者，女性在強調被拋別的感受時（有時並非遭棄，只是暫別），亦會忽視自己的外貌，這也解釋了何以在「棄婦」詩中常見的主題是女性審視自我年華老去的容貌（透過鏡中的映象而察覺）及她們無心梳理頭髮。透過這些，可以揭露

她們自身所受之不平等待遇，以及她們對禮法的執著。〔註9〕

　　鏡子，如同時光流逝的檢驗器，殘忍而無情。但有時它卻也是人類傾訴的對象，它靜靜地傾聽，忠實地反映你的形象，故沈氏欣慰地說：「粧前常對鏡，清夜與君同，消磨歲月中。」（〈鏡〉，鸝59）、「明鏡知我心，臺前照衷愫。」（〈感懷〉，鸝2）。

　　除了青春的詠歎、知心的傾訴外，宛君詩中還出現一類相當特殊的「時空飛越」，如〈金陵秋夜〉：

　　　　憑檻初臨鏡，猶聞黃鳥聲。隨風度宛轉，恰是故鄉情。（鸝5）

透過鏡子，作者聽見黃鳥宛轉的鳴叫聲，彷彿仍置身於原來的閨房之內，如真似幻。這種飄泊在外，思鄉情切的主題，在沈氏詩文中是比較罕見的，這可能與她大部分時間待在家中有關。而從以上的分析，則再一次印證了沈宛君「賦性多愁」的思婦形象。

　　沈宛君長女紈紈「篇什無幾，手自錄本，題曰『愁言』。」〔註10〕其對鏡之反應亦是以「愁」為主旨，如：

〈梨花〉

　　　　新來幾陣黃昏雨，門掩愁消玉鏡中。（愁7）

〈水龍吟‧次母韻早秋感舊同兩妹作〉

　　　　恨西風吹起，一腔閑愁，那勝鏡中消瘦。（愁32）

紈紈在掩門對鏡之際，能否真如新來的幾陣雨，一滌舊愁？顯然這一腔閑愁是排遣不了的，不然怎會消瘦在顧盼之間呢？一如其父所云：「而閨房幃屏之間，獨無以寄其歔歗忨悒之致乎哉？此愁之所繇寓乎言也。」〔註11〕

　　至於小鸞，詩詞中提到鏡字的共十六首，多作梳妝打扮或取其明淨為喻依，前者如：

〈春日曉粧〉

　　　　攬鏡曉風清，雙蛾豈畫成？簪花初欲罷，柳外正鶯聲。（返9）

〈梅花〉

─────────────

〔註9〕「自古以來便有不成文的規矩……。」云云之說，參見康正果《風騷與豔情
　　　　──中國古典詩詞的女性研究》，頁42～43；及孫康宜〈柳是和徐燦──陰性
　　　　風格或女性意識？〉，頁15。（按：柳是即柳如是，「如是」為其自號）

〔註10〕見《愁言‧序》。

〔註11〕同註9。

卻憶含章點額時，鏡臺初展拂粧遲。（返 17）

〈小重山・曉起〉

春夢朦朧睡起濃，綠鬟浮膩滑落香紅，粧臺人倦思難窮，斜簪玉，

低照鏡鸞中。（返 38）

後者，如：

〈池畔〉

澄波燦明鏡，照我幽人思。（返 2）

〈雲期兄以畫扇索題賦比〉

水色似明春月鏡，花光欲上美人衣。（返 5）

〈河傳・秋景〉

小幔輕雲澄練綺，清光美，好把鏡奩比，倚闌干，鬖鬙鬢，遠山秋

煙點黛彎。（返 36）

在小鸞的作品中，「鏡裡容華減」的心驚並未出現，紈紈作品中亦然。推求其
因，蓋二人正值青春年華，尚未有青春易逝、美人遲暮之歎。反觀其母，已
入中年，當然易生此感。又，小鸞臨鏡，少有羞喜之感，蓋因生性不喜打扮
之故，所以反映詩詞中亦見清新之感而已。如〈春日曉粧〉一詩，她從鏡中
看到自己的雙眉，麗質天生，並非畫成，顯示她所謂的曉妝並非是精雕細描，
而是梳理自然而已，這同其父所形容的「鬖髮素簪，舊衣淡服，天姿潔修，
自然峻整。」（〈祭亡女小鸞文〉，返 66）亦頗相符。

最後，檢視沈宛君所輯當時婦人作品集《伊人思》以及《彤奩續些》之
名媛悼什，也有幾處談到臨鏡之情，如：

周慧貞〈久病經年，朝起對鏡，不覺自歎〉

自憐顏色減，不似舊時紅。（伊 16）

周綺生〈二十初度〉

作惡春風二十年，愁眉常到鏡臺前。（伊 37）

作為內心世界情感的表白，亦不外乎年華的老去、愁容的反映。

至於作為「遺物」而言，鏡中無從再現麗影，也是作者欲訴的一種無可
奈何之情，如：

王鳳嫻〈悲戚元慶二女遺物：塵鏡〉

學畫蛾眉逞豔粧，嫁來常歎舊容光。

如今無復嫦娥影，空掩清輝匣底藏。（伊 13）

黃媛章〈挽昭齊〉

風塵滿目歎浮生，冷落雲粧鏡尚明。（彤 5）

這種物在人亡的感歎，最易叫人睹物思人。也因此葉紹袁在殉葬小鸞諸物中，置有女兒粧時常用的一面小鏡，爲的是「庶汝芳容好面，長麗鏡中。」（〈祭亡女小鸞文〉，返 72）進一步推想，葉紹袁不惜物資，刊刻《午夢堂集》，無非也是讓其親人聲欬長存人間吧！

第三節　女性經驗的書寫傳統

本節討論的主題是葉氏母女在書寫女性經驗時所受到的文學傳統描寫技巧之影響爲何？亦即除了身爲女子所特有的氣質，以及歷代女子的傷感傳統所致外，尚有什麼因素對她們產生了重大的影響。

從詩文所透露的訊息，我們不難發現《楚辭》是她們常讀的一本經典之作，如葉紹袁〈再讀七言絕句〉之九十二云：

日日西風遶徑蒿，半床芸葉落紅桃。

猶餘兒女殘書本，手自親抄教楚騷。（秦 27）

知《楚辭》乃葉紹袁課讀子女的教本之一。

《自撰年譜》則載：

小鸞（十七歲）教小繁、世佺《楚辭》。

說的則是姊姊以《楚辭》教弟妹的事實，而小鸞本身四歲即能誦讀《楚辭》，〔註 12〕乃是張倩倩所教。〔註 13〕而在母親的耳中亦常聽聞子女誦讀《楚辭》的聲音，其〈漫興〉云：

夜來秋氣入庭皋，一枕藤床隱夢高。

竹影漸看移日影，窗前稚子讀〈離騷〉。（鸝 85）

宛君自己亦讀《楚辭》，其〈季冬二十四夜，窮愁煎逼，不勝淒感，漫然賦此〉首聯云：

紅燭流殘臘夜遙，醉來聊學讀〈離騷〉。（鸝 40）

當然，《楚辭》被用來當做啓蒙課讀或吟詠遣興的本子，事情的本身並不特殊，

[註12] 見《列朝詩集小傳》，頁 755。
[註13] 見前揭書，頁 757。

它早就如此地爲歷代士人、學子所傳誦。然而，這其中有一個元素是相當重要的，亦即《楚辭》中的女性傾向與葉氏母女作爲女性閱讀與寫作主體是相當可以聯想的一個命題。

屈原雖然是男性，但其筆端所流露的女性成分卻相當凸顯，游國恩〈楚辭女性中心說〉一文如此分析：

> 惟其以女子自比，所以常常歡喜哭泣。如〈離騷〉云：「長太息以掩涕兮，哀民生之多艱。」又云：「曾歔欷余鬱邑兮，哀朕時之不當。攬茹蕙以掩涕兮，沾余襟之浪浪。」惟其以女子自比，所以喜歡陳詞訴苦。如〈離騷〉云：「濟沅湘以南征兮，就重華而陳詞。」又云：「跪敷衽以陳詞兮，耿吾既得此中正。」〈惜誦〉又云：「令五帝以折中兮，戒六神與嚮服；俾山川以備御兮，命咎繇使聽直。」惟其以女子自比，所以歡喜求神問卜。如〈離騷〉云：「索藑茅以筵篿兮，命靈氛爲余占之。」又云：「巫咸夕將降兮，懷椒糈而要之。」惟其以女子自比，所以又歡喜指天誓日。〈離騷〉云：「指九天以爲正兮，夫唯靈修之故也！」〈惜誦〉又云「所非忠而言之兮，指蒼天以爲正！」……凡此種種，都是描寫十足的女性——我國舊時的十足的女性。」〔註14〕

雖然男子亦有「陳詞自苦」、「求神問卜」、「指天問日」之舉，但傳統上（尤其是在古代），卻歸爲女性所爲居多。正因屈原處處以女子自比，故他所用的描寫技巧，久而久之就成爲一種文學上的傳統，可以學習、可以承繼。例如在宋詞中「要眇宜修」的女性傾向就與《楚辭》的特質十分貼近。王國維曾云：「詞之爲體，要眇宜修，能言詩所不能言。詩之境闊，詞之言長。」〔註15〕何謂「要眇宜修」？它本來出自《楚辭·九歌·湘君》：「美要眇兮宜修。」王逸注云：「要眇，好貌。修，飾也。言二女之貌要眇而好又宜修飾也。」洪興祖《楚辭補註》則補曰：「此言娥皇容德之美以喻賢臣。」〔註16〕這種女性特質由男性作家來處理，難免有所顧忌，甚至產生困惑。〔註17〕但身爲女性的創作者，則絕對沒有

〔註14〕見游國恩《楚辭論文集》，頁201～202。
〔註15〕見《人間詞話·人間詞話刪稿·十二》，頁43。
〔註16〕參見洪興祖《楚辭補註》，卷第二，頁106。
〔註17〕如魏泰《東軒筆錄》卷五，頁337（見《筆記小說大觀》，第二十八編，冊一）即曾記載云：「王安國性亮直，嫉惡太甚。王荊公初爲參知政事，間日因閱讀元獻公（晏殊）小詞，而笑曰：『爲宰相而作小詞，可乎？』平甫（王安國字）

這種顧慮，甚至更能領略、表現這種特質。

在前面兩節，筆者已討論過梅花、鏡子，這兩種意象都可以當成是與女性經驗有關的描寫，只是談論的角度不同，多就比興而言，一談意象塑造，一談經驗描寫。但就借物寄託的情形論之，其實兩者與《楚辭》的描寫技巧是相通的。亦即王逸在〈離騷〉一文序中所云：

> 〈離騷〉之文，依《詩》取興，引類譬喻。故善鳥香草，以配忠貞；惡禽臭物，以比讒佞；靈修美人，以媲於君，宓妃佚女，以譬賢臣；蚪龍鸞鳳，以託君子；飄風雲霓，以為小人。其辭溫而雅，其義皎而朗。〔註18〕

在此，則再以表現女性經驗的描寫手法檢視《午夢堂集》中的女性作品。首先，值得注意的是沈宛君曾發出如下的慨歎：

> 莫作婦人身，貴賤總之愁。（〈金陵秋夜〉，鸝5）

「婦人」與「愁」是常連繫在一起的，在前面已探討過沈氏日坐愁城的一種經驗，這種自憐自怨的經驗與《楚辭》中的〈九歌・湘君〉裡，描寫女巫等待湘君降臨的心情是相通的，如：

> 望夫君兮未來，吹參差兮誰思。

如果說屈原的〈九歌・湘君〉之等待，仍然是男子等待君王的重用之寄語，不是真的寫女子等待的心情。我們仍可在中國的歷史中，找出一個女子「等待丈夫」的原型。那就是上古時代大禹的妻子塗山氏之女，新婚四天，大禹便又離家去南方治水，十年間三過家門而不入，塗山女終日盼歸，唱著「候人兮猗！」（《呂氏春秋・音初篇》）的悲調，後世無數女子的命運，彷彿從此都丟不開這個等待的宿命。

宛君的愁，有絕大部分是來自於離分之無奈與對丈夫紹袁的久待之怨思，有一首詩的題目頗能反映這種閨中女子的心情，即《鸝吹集》頁16的〈庭際有梧桐二樹，枝幹扶疏，垂陰覆碧，忽被狂風所壞，依依不忍，聊以書懷〉，表面看是詠梧桐二樹，實際卻是借物寄物，取的是「梧桐相待老」（孟郊〈烈女操〉語）之義。如今眼前梧桐二樹，竟被不可抗拒之外力所壞，怎不叫她

曰：『彼亦偶然自喜而為耳，顧其事業豈止如是耶？』時呂惠卿為館職，亦在座，遽曰：『為政必先放鄭聲，況自為之乎？』平甫正色曰：『放鄭聲，不若遠佞人也。』呂大以為議己，自是尤與甫相失也。」

〔註18〕 見洪興祖《楚辭補註》，卷第一，頁 12。

聯想及與紹袁之間的離分呢？縱使梧桐會相待至老，然而「天有不測風雲，人有旦夕禍福。」怎不叫人心愁呢？

而張倩倩〈蝶戀花‧丙寅寒夜與宛君話君庸作〉云：

> 漠漠輕陰籠竹院。細雨無情，淚濕霜花面。試問寸腸何樣斷？殘紅
> 碎綠西風片。　　　千遍相思繞夜半。又聽樓前，叫過傷心雁。不恨
> 天涯人去遠，三生緣薄吹簫伴。（伊 30）

君庸是宛君的弟弟、倩倩的丈夫，這是她們可以共同話此人的交會點；再者，丙寅年時，宛君丈夫紹袁已考中科舉，宦遊在外，倩倩丈夫亦然。倩倩將相思之情訴與宛君知，宛君亦有可能將自己獨守空閨之情傾訴於表妹。此夜之景況，張倩倩死後，宛君曾在〈表妹張倩倩傳〉中追憶：「此闋則丙寅寒夜，與余談及君庸，相對泣作也。」而「千遍相思繞夜半」一句，則可知通宵以後，不知又是幾萬遍？「吹簫伴」，原指秦時蕭史善吹簫，和弄玉結為良緣，後乘鳳凰飛去的故事。這種夫唱婦隨的生活才是她們所希冀的，無奈等待的歸人遠在天涯，只能怨歎「三生緣薄」了。這是一份同病相憐相泣的女性情感，她們的青春像流盡長溝的殘紅碎片，不斷遭受風吹雨打，這也是古代女子獨有的生命情態，因為從來沒有聽過古代有那兩個男子一起談論著他們所等待的女人。

雖然，女子感傷之作多產生於不遂人願的生活狀況和鬱悶憂煩的情緒之中，有時尚蘊含大悲大慟，然而筆下極少噴湧出激蕩的情感，而多是輕柔溫潤的悵歎。如紈紈〈蓮花瓣〉即云：

> 一瓣紅粧逐水流，不知香豔向誰收。
> 雖然零落隨風去，疑似凌波洛浦遊。（返 18）

詩後按云：「竟若自寫真寫怨。」然而從中我們體會到的不是淚啼滿面、呼天搶地的傷心女子，而是在「零落隨風去」的命運中，猶自紓解，說此一「逐水流」的香瓣疑似在洛浦淩波而遊。此真所謂「眉憐自鎖，怨恐人知」。她就像自己筆下的「垂絲海棠」一樣：

> 嫋嫋輕姿淡淡煙，數枝斜倚曲欄前。
> 風情似怨腰先弱，雨後含情淚越鮮。（返 18）

末兩句「風情似怨腰先弱，雨後含情淚越鮮」實更能顯出她們身為女子獨有的「要眇宜修」之質。

又，她們常以花自比，如：

〈雨中花‧梨花〉

> 淚雨瓊姿嬌半吐，又一夜風搖鬖霧，繡陌啼鶯，畫梁歸燕，莫便催
> 春去。　　脈脈柔情慵未足，嘆寂寞玉容難賦，今夜黃昏，明朝庭
> 院，空鎖重門暮。（返 33）

表面詠梨，其實是「嘆寂寞玉容難賦」。「梨」者，「離」也。正是這種人與花
相合相依的心理，遂使她們常化身爲花的命運。所以紹袁在下面二首詞〈虞
美人‧看花〉之後，即注云：「句句自作摧戕之讖。」詞云：

一、

> 欄杆曲護閑庭小，猶恐春寒峭，隔牆影送一枝紅，卻是杏花消瘦舊
> 東風。　　海棠睡去梨花褪，欲語渾難問，只知婀娜共爭妍，不道
> 有人爲伊惜流年。

二、

> 看花日日尋春早，撿點春光好，輕羅香潤步青春，可惜對花無酒坐
> 花茵。　　昨宵細雨催春驟，枕上驚花瘦，東君爲甚最無情，祇見
> 花開不久便飄零。（返 37）

紈紈〈踏莎行‧暮春〉也云：

> 粉絮吹綿，紅英飄綺，又看一度春歸矣。
> 子規啼破夢初醒，憑欄目斷傷千里。
> 塵也堪嗟，流光難倚，浮生冉冉知何似。
> 舊遊回首總休題，斷腸只有愁如此。（愁 27）

小紈〈踏莎行‧早春即事〉亦云：

> 簷畔梅殘，堤邊柳細，暖風先送遊人意。
> 流鶯猶未美歌聲，海棠欲點胭脂醉。
> 鳥踏風低，煙橫雲倚，湘簾常把春寒閉。
> 無端昨夜夢春闌，絲絲小雨花爲淚。（返 27）

紹袁按云：「十六七歲女子正如花之方苞，春之初豔，無端而夢春闌小雨，而
爲花淚，摠是不祥。」做爲父親的紹袁，所揭櫫的「花」、「春」，正是女子生
命的象徵，而其「不祥」，正是女子生命中的不安、飄零所致。

　　諸如以上之飄零孤寂感，以及對春光難倚的無奈，在著名的《牡丹亭》
第十齣〈驚夢〉也曾出現過：

〔皂羅袍〕

　　原來妊紫嫣紅開遍，似這般都付與斷井頹垣。良辰美景奈何天，賞
　　心樂事誰家院。……

身為女子常會有莫負春光的感歎。然而「如花美眷，似水流年」的閨中小姐
常在「幽閨自憐」〔註19〕既憐自己長期處孤寂的等待中，又怕「一霎無端碎
綠摧紅。」〔註20〕之零落，故而女子對青春的禁錮與流逝特別敏感。

　　又，《午夢堂集》中也找得到她們讀過《牡丹亭》一類以「情」為主的劇
本，如《返生香·又題美人遺照》六首（返14－15），後面紹袁即按云：

　　坊刻《西廂》、《牡丹亭》二本前有鶯鶯、杜麗娘像，此前後六絕，
　　俱題本上者。

　　「只恐飛歸廣寒去，卻愁不得細細看。」何嘗題畫，自寫真耳。一
　　慟欲絕。湯義仍云：「理之所必無，安知非情之所必有。」稗官家載
　　再生事，固不乏也。忽忽癡想，尚有還魂之事否乎？（返15）

題詩中第三首云：

　　花落花開怨去年，幽情一點逗嬌煙。

　　雲鬟綰作傷春樣，愁黛應憐玉鏡前。（返14）

雖然「三分春色描來易，一段傷心畫出難。」〔註21〕但透過小紈的手筆，仍然
可以感受到畫中是貞靜傷愁的女子形象，再配合紹袁按語，我們有理由相信這
確實是「自寫真」之詩。因為小鸞夭亡後，充當了寒簧（月宮侍書）的角色（見
《續窈聞》），即其自云：「只恐飛歸廣寒去」之謂也。而且小鸞的死與紈紈的相
繼夭亡，無非也是「情不知所起，一往而深」〔註22〕，真可謂「冷雨幽窗不可
聽，挑燈閑看《牡丹亭》。人間亦有癡於我，豈獨傷心是小青。」〔註23〕

　　綜上所論，我們可以約略觸及葉氏母女在汲取文學傳統的過程中除了承
繼「屈平之作〈離騷〉，蓋自怨生矣」〔註24〕的愁怨傳統，轉附女子生命不遂
之感外，之於晚明「情」觀的內涵亦有所體會，〔註25〕對生命的禁錮與零落

〔註19〕見《牡丹亭》第十齣〈驚夢〉〔山桃紅〕曲文。
〔註20〕見《牡丹亭》第廿齣〈鬧殤〉〔囀林鶯〕曲文。
〔註21〕見《牡丹亭》第十四齣〈寫真〉〔朱奴兒犯〕後之賓白。
〔註22〕見湯顯祖《牡丹亭·作者題詞》。
〔註23〕見吳炳《療妒羹》第九齣〈題曲〉，《粲花齋五種》，頁283。
〔註24〕見《史記·屈原賈生列傳》，卷八十四。
〔註25〕「情」這個命題在湯氏文學理念中特別突出，他不僅認為：「世總為情，情生

有深一層之體認，此乃女子特有之敏感也。其西蜀友人劉泌即在《秦齋怨》
末〈讀葉仲韶午夢堂集感賦〉云：

> ……題其編曰午夢堂集，首載鸝吹集，即夫人作也。夫人麗匹才子，
> 且早副六珈，推以恆情，宜無所恨，顧鸝吹集中，多作恨語，湯臨
> 川曰：「情不知其所起，一往而深。」殆謂是乎！〔註26〕

最後值得一提的是，葉氏母女讀〈離騷〉，雖一是生命不遂，二是家道中落。
然就葉紹袁《自撰年譜》中所透露之國難當頭，欲振乏力的壯志未酬之感，
也可知其以《楚辭》課讀子女，或有「國怨」在其中。惜葉氏母女作品中並
無此時局之反映，從此處正可看出身為女性的葉氏母女和身為男子的葉紹
袁，所承雖同，表現終究有別！

詩歌。」（《湯顯祖集‧詩文集‧耳伯麻姑遊詩序》）也認為戲劇起源來自人類
與生俱有的「情」，並以此觀念評點過《西廂記》。其曠世絕作《牡丹亭》卷
首之題詞更是再三申述「情」之一字，其云：「如麗娘者，乃可謂之有情人耳。
情不知所起，一往而深。生者可以死，死可以生。生而不可與死，死而不可
復生者，皆非情之至也。……嗟夫，人世之事，非人世所可盡。自非通人。
恒以理相格耳！第云理之所必無，安知情之所必有耶！」湯氏的主情說在晚
明又被茅元儀、茅暎、沈際飛、孟稱舜等人繼承、發展，影響非常大。
〔註26〕此文所用底本《午夢堂詩文十種》未收，參見《中國文學珍本叢書》本下冊
《秦齋怨》，頁29～30。

第六章 餘 論

第一節 《午夢堂集》的傳統評價商榷

　　在第一章第一節，曾就前輩時賢的研究作一番回顧，可知雖有版本上的敘錄，之於作品的分析仍付之闕如。而今進一步往溯，檢索詩話、詞話、曲論等筆記式論述，對葉氏母女的評價並不多；至於一些傳記，如《列朝詩集小傳》，也是「傳」的成分多於「評」，顯示閨閣中人的崢嶸出頭，十分不易，另一方面呈現了文學史對女性創作者的忽略。

　　暫且撇開文學史的缺漏問題不談，就「吉光片羽」的短評，看看過去文人對葉氏母女作了那些評論（年代以清代止，資料限《午夢堂集》以外者）。

一、關於沈氏宛君者

1. 錢謙益《列朝詩集小傳・沈氏宛君》條云：

　　……余錄宛君母女詩，頗存挽詞之佳者，不問存歿，俾一時女士之名，附以傳於世，亦憐才之微意也。

　　按：此條前面皆是傳記之體，故不錄。而此段實際上述錢謙益收錄宛君母女詩之用意所在，嚴格說來，洵非評論。

二、關於葉紈紈者

1. 錢謙益《列朝詩集小傳・葉氏紈紈》條云：

　　……十三能詩。書法遒勁，有晉風。

三、關於葉小紈者

1. 吳梅《中國戲曲概論》卷中，頁 16 云：

葉小紈《鴛鴦夢》，寄情隸萼，詞亦楚楚。惟筆力略孱弱，一望而知
女子翰墨，第頗工雅。

2. 蔣瑞藻《小說考證》續編卷三〈鴛鴦夢第三十二〉條引《花朝生筆記》
云：

其姊小紈（蕙綢）傷之，作《鴛鴦夢》雜劇以寄意。託爲神仙家言，
殊清警拔俗。惟於北詞格調，不甚相合耳。

四、關於葉小鸞者

1. 錢謙益《列朝詩集小傳・葉小鸞》條云：

……十二歲，髮已覆額，姣好如玉人，工詩，多佳句。十四能弈，
十六善琴。能模山水，寫落花飛蝶，皆有韻致。

2. 鈕琇《觚賸》云：

皆似不食人間煙火。

3. 陳廷焯《白雨齋詞話》卷二云：

葉小鸞詞筆哀艷，不減朱淑真。求諸明代作者，尤不易覯也。閨秀
工爲詞者，前者李易安，後則徐湘蘋。明末葉小鸞，較勝於朱淑真，
可爲李徐之亞。

檢討以上「一鱗半爪」式的漫評，發現除了生平事蹟的敘述外，所餘的評析，
實際上對於擁有千餘首作品的葉氏母女全集，所見有如「管中窺豹」，而見得
的只是「一斑」而已。且其評價不無可商榷之處，謹論述如下：

先談葉小紈，從僅有的兩條資料皆只言及其雜劇作品《鴛鴦夢》，可知葉
小紈在文學史的地位是第一位女性雜劇作家，有開創之功，可惜只此一部而
已，雖然其舅父沈君庸在序中如此推崇：

若夫詞曲一派，最盛于金元，未聞有擅能閨秀者。即國朝楊升庵亦
多諸劇，然其夫人第有黃鶯數闋，未見染指北詞。綢甥獨出俊才，
補從來閨秀所未有。

但就其創作量而論，其實可以如此評斷：葉小紈意不在開女性創作雜劇之風，
而是「寄情隸萼」。至於其「筆力孱弱」與「不甚相合」於北詞格調者，純是
吳氏男性觀點下的評論。今之學者曾永義先生解釋道：

楚楚工雅誠然是小紈文字的風格，但「筆力略孱弱，一望而知女子
翰墨。」恐是瞿庵先生先入爲主的觀感。因爲明人北曲，除周憲王、
對山、文長、海浮、君庸外，很少不是孱弱庸俗的。女子之詞而有

小紈的筆力，已算得頗具風骨了。〔註1〕

除此之外，筆者以爲蔣氏會認爲本劇與北詞格調不合，可能與傳統對曲的認識有關，魏良輔曾云：

> 北曲與南曲，大相懸絕，有磨調、絃索調之分。北曲字多而調促，促處見筋，故詞情多而聲情少；南曲字少而調緩，緩處見眼。故詞情少而聲情多。北力在絃索，宜和歌，故氣易粗；南力在磨調，宜獨奏，故氣易弱。〔註2〕

雖然《鴛鴦夢》屬北曲而非南曲，然有明一代，北曲實已不復慷慨激昂，顯見是受南曲的影響所致。而這裏的「南氣」、「北氣」，在明代而言，恐怕要從地域風土來講，而非體製、曲情了。至於「第頗工雅」、「清警拔俗」，實屬形式、風格之美，如果有所謂相當於「詩心」的「劇心」，那麼這些都是外在的評價，皆未觸及女性內心的世界及其願望的投射，足見傳統對戲曲的批評，很多文人仍停留在外在或印象式的評價。

再者，講到葉小鸞，「不食人間煙火」，確實是她仙資獨具的映現，是該家族人的共識，作品中流露出的也是這樣。至於「能模山水，寫落花飛蝶，皆有韻致」，指的是她對題材的選擇與抒發描寫，都能令人覺其韻致風生，這個評價尚算中肯，只是可論的彈性過大，反而不易掌握。

至於在詞方面的表現，葉小鸞是否可介於李徐之亞，而過於朱淑貞，見仁見智。不過，以「哀豔」形容之，在前面幾章的專題討論中，「豔」與她淡然自處的人生態度，是有違的。因此，就「詞筆哀豔」而言，「哀」與其全家所籠罩的「窮愁貧病」有關，也與女子感傷的傳統有關；至於要說文采的講求華麗，似乎言之過甚了。故「哀豔」一詞宜從「哀感頑豔」之省文角度論之，表示其辭旨悽惻，使頑鈍和美好的人同樣受感動。

其實，前面討論的篇章中，我們約略可以知道葉紹袁常在編輯的作品後加按語，有些是交代創作背景資料，〔註3〕有的儼然就是評點文字；〔註4〕另

〔註1〕見曾永義《明雜劇概論》，頁302。

〔註2〕見魏良輔《曲律》。

〔註3〕如《愁言·寄瓊章妹》其二，詩後按云：「此即九月五日別妹去後之作也。」
《返生香·己巳春哭沈六舅母墓所》詩後按云：「小時曾撫育舅家，姅母張氏，聰麗能文，雖凤慧，亦其教也。君庸悼亡之年，張止三十四歲，彩雲易散，明珠易碎，五年之間，姅甥兩見，豈紅顏必薄命邪？」

〔註4〕如《返生香·梅花十首》其十，詩後按語：「亦是凄涼羽調，無一穠麗氣。」
《愁言·浣溪沙》「昨夜輕寒透薄羅」一闋，詞後按云：「好句漫成二語，宋

外一些葉氏親友對其作品的序跋，〔註5〕都是可以再作爬梳的資料。〔註6〕除此之外，筆者以爲「女性之所以被棄置在歷史之外，並非由一般男性或特殊幾位男性史學家的惡毒詭計所造成，而是由於我們一直只用男性中心的字眼去看待歷史。」〔註7〕因此，《午夢堂集》的傳統評價，依然用的是男性的眼光，如吳梅所謂「筆力略孱弱，一望而知女子翰墨。」因此，在無法於男性中心的批評傳統中，找到任何可資借鑑的女性批評之情況下，直接從作品中去分析、歸納同一時空的女性作品，及與整個中國女性文學相互比較參證，應是較深入、較全面的批評方法。而這不只是目前筆者所正努力的，同時也是往後學術領域擴展、深化的一份自我期許。

第二節　《午夢堂集》之餘韻

　　《四庫全書總目提要》卷一九三・集部四十六總集類存目三〈名媛彙詩〉條云：

> 閨秀著作，明人喜爲編輯。

沈宜修在《伊人思》序中亦云：

> 世選名媛詩文多矣，大都習于沿古，未廣羅今，太史公傳管晏云：
> 其書世多有之，是以不論，論其軼事。余竊倣斯意，既登琬琰者，
> 弗更採擷，中郎帳秘，迺稱美譚，然或有已行世矣，而日月湮焉，
> 山川阻之，又可歎也。若夫片玉流聞，并及他書散見，俱爲彙集，
> 無敢棄云，容俟博蒐，庶期燦備爾。〔註8〕

《午夢堂集》雖是葉紹袁刊刻的，但其中亦有沈宛君裒輯的女性作品在內，這

人道不出情深怨深。」
〔註5〕沈君庸〈鴛鴦夢小序〉云：「其俊語韻腳，不讓酸齋夢符諸君，即其下里，尚猶是周憲王金梁橋下之聲，實可與語此道者。將以陰陽務頭，從來詞家所昧，行與商之。」
〔註6〕除以上三種情形，各詩詞下的小序有時也小有評論，如《鸝吹集》頁148〈擬連珠〉十一首小序云：「劉孝標有豔體連珠，季女瓊章倣之，作之呈余，余爲喜甚，亦一拈管，然女實有儁才，余拙不及也。」宛君即以「儁」、「拙」二字論女與己作品高下之別，雖含自謙之意，然以「儁」評小鸞，相去不遠矣！
〔註7〕Gerda Lerner, " The Challenge of Women's History", The Majority Finds Its Past（New York, 1981）.譯文見《中外文學》第十卷・第14期，伊蘭・修華特（Elaine Showalter）著，張小虹譯〈荒野中的女性主義批評〉。
〔註8〕見《伊人思》，頁1。

說明了閨秀著作，除了男性士人幫她們編輯外，明清的女性作者自己也有了這
份自覺，例如稍後的王端淑也有同樣的體認，她的丈夫丁聖肇如此形容她：

> 名媛詩緯何爲而選也？余內子玉映不忍一代之閨秀佳詠，湮沒煙
> 草，起而爲之霞披霧緝，其耳目之所及者，藏之不忘，其耳目之所
> 未及者，更懸之以有待，蓋苦心積瘁於字珠句玉者，已一十有餘年
> 於茲矣。

> 館閣實錄，一代有一代之史官；鼓吹旗纛，一代有一代之作手。傳
> 之者有之，失之者無罪，至於閨中諸秀內言不出，傳之者誰耶？失
> 之者誰耶？其傳其失，誰之罪耶？余內子則竦焉以此罪自任。〔註9〕

更重要的是，她自己在《名媛詩緯初編》的〈凡例〉第一條即云：

> 余素有撰選之志，然恐以婦人評騭諸君子篇章，於誼未雅；以閨閣
> 可否閨閣，舉其正也。如桐城方仲賢選《宮閨詩史》，邢上季靜媖選
> 《閨秀初集》（按：即《閨秀集初編》），松陵沈宛君《伊人思》，而
> 後不多概見，予故謬操丹黃以昭甚盛。

明顯受到沈宛君選蒐女性作品的影響。

筆者以爲《午夢堂集》的刊刻，一則是時代風氣下的產物，一則出於葉
紹袁的懷舊情結，更重要的是也包含了女性的自覺——出於憐才，亦出於自
憐。這種自覺對女性作品的保存與流傳，無疑有極大的推波助瀾之力。事實
上，也證明了明清女性作品的編輯刊刻及作品數量遠勝於元代以前。

再者，說到內容方面的影響，《續窈聞》是較爲廣泛的，著名的例子有四：

一、《紅樓夢》

第七十六回〈凸碧堂品笛感凄清　凹晶館聯詩悲寂寞〉後半，黛湘中秋
夜聯吟末幾句，史湘雲道出：「寒塘渡鶴影」後，林黛玉半日方對出：「冷月
葬花魂。」〔註10〕

而「葬花魂」三字即出自於《續窈聞》中，泖菴大師審問葉小鸞生前種
種罪過的文字，原文如下：

> 「曾犯癡否？」

〔註 9〕見《名媛詩緯初編·序》。
〔註10〕前人對上句究竟作「冷月葬花魂」抑或「冷月葬詩魂」，多有辯證，如周汝昌
《紅樓夢新證》上冊，頁328～329、〈紅海微瀾錄〉頁375～376；滕蘿苑〈冷
月葬花魂——紅樓夢小札之一〉。

女云：「曾犯。勉棄珠環收漢玉，戲捐粉盒葬花魂。」

不管曹雪芹是否有意將林黛玉的命運套上葉小鸞的影子，有一點是極為可能：即曹雪芹曾經看過《午夢堂集》，或至少看過《續窈聞》。這還可以在《紅樓夢》其他地方找到例子，如第七十八回〈老學士閑徵姽嫿詞　痴公子杜撰芙蓉誄〉的〈芙蓉誄〉中有一句「寒簧擊敔」，「寒簧」之名最初即見於《續窈聞》，而葉小鸞夭亡後，便充當了這個月宮侍書的角色，後代作品中亦多有出現，如〔清〕洪昇的《長生殿》、尤侗的《鈞天樂》。

另外，葉紹袁六子葉燮同曹寅有交往，康熙三十九年（西元 1690 年）秋，曹寅曾過訪葉燮，互有贈答，葉燮為曹寅寫了一篇〈楝亭記〉。〔註11〕因此在兩家有所交往的情況下，曹雪芹寓目《午夢堂集》的機會也是很自然的事。

二、尤侗（西元 1618～1704 年）《鈞天樂》

關於葉小鸞的傳說最為文人所採擷運用，如尤侗《鈞天樂》中的女主人公魏寒簧，雖是虛構的人物，但也有葉小鸞的影子。劇中魏寒簧也是病於婿家催妝之日，歿於成婚之日，念白更是如此，如寒簧將歿時問侍女：「今日何日？」侍女答：「（十月）初十日了。」寒簧說：「如此甚速，如何來得及？」幾乎是照抄葉小鸞臨終前的話。魏寒簧死後亦升入月宮，成為月府侍書女，可說是十分明顯的影響。而最足以說明尤侗對小鸞的心儀敬重，莫過於他自己弔葉小鸞的詩：

定應握手幾時同，月白風清愁萬重。

人向暮煙深處憶，疏香滿院閉簾櫳。

又：

輕羅香潤步青春，仙質亭亭分外新。

只恐飛歸廣寒去，何辭終日喚真真。〔註12〕

其友湯傳楹亦曾在自己的集子《湘中草》載云：

展成（尤侗）自號三中子，人不解其說，予曰：「心中事，《揚州夢》也；眼中淚，哭途窮也；意中人，《返生香》也。我比詩謎的杜家如何？」展成笑而不答。〔註13〕

葉小鸞的形象在尤侗心中的重量也就不言而喻了。

〔註11〕見周汝昌《紅樓夢新證》（上），頁 329，引葉燮《已畦文集》卷五，頁 11。

〔註12〕見尤侗《西堂剩稿》卷下〈戲集返生香句弔葉小鸞〉十首之五、之六。

〔註13〕見湯傳楹《湘中草》卷六〈閑餘筆記〉。

三、冒廣生（西元 1873～1959 年）《疚齋雜劇》

清末民初的冒廣生也寫了一本四折的《疚齋雜劇》，一折寫一女子故事，分別是吳蕊仙、葉小鸞、馬湘蘭、卞玉京四人，其中第二折「午夢堂葉女歸魂」情節大多抄自《續窈聞》中，尤其泖菴大師審戒一節，文字全同，實無足觀也，只不過將書面文字化爲舞臺聲口罷了。

四、張爾溫《午夢堂》傳奇

張氏《冰雪攜詩集》序云：

> 鶩庵屏去時藝，肆力於古文辭，尤喜《周官》、《莊》、《騷》。閒出戲墨，作《午夢堂》、《畫梅緣》兩傳奇。

可惜此戲未見著錄，又已亡佚，不知是否亦演葉小鸞事？張氏爲明末清初人，其作品姑繫於此。

又，清初陳文述所編撰之《西泠閨詠》，謂嚴蕊珠：「絕似當年葉小鸞，返生香裏見珊珊。」〔註 14〕更在《碧城女弟子詩》中，謂王蘭修乃「詩國遊仙，詩壇點將，二十四姓，逸情雲上，蕊佩秋冷，羽衣暮寒，月府侍書，如葉小鸞。」〔註 15〕儼然成爲詩話中用以評論的典型。

葉小鸞的形象如此受到後人的厚愛，眞是集萬千寵愛於一身，連她生前用過的「眉子硯」，也是行家爭藏的寶物之一。張霞房的《紅蘭逸乘》、陳去病的《五石脂》，就都曾記載：蘇州永昌巨富徐氏嗜硯，收藏甚多，家有藏硯樓，與當時「眉子硯」擁有者王佛云頗有交情。當時王將調任嶛城，爲保藏計，遂將硯託徐代爲保管。不意徐深愛此硯而無計得之，竟自焚其樓，詭言火焚匿之，由是而擁有「眉子硯」。〔註 16〕

從以上的種種情況看來，《午夢堂集》雖然保存下來，使我們讀到那時代眾女子的心聲，但仍未發出它該有的光輝，爲人所樂頌的多集中在小鸞「黃雲慢慢騰，青雲冉冉生，紅雲開路往前行」〔註 17〕的成仙扶乩事蹟上，其他母姊的作品反而湮沒不顯，這大概是葉紹袁始料未及的吧？從前面幾章的分析探討中，知道《午夢堂集》無論在題材的選擇、意象的經營、生命的呈顯上，都有極深刻的表現，而且承繼了傳統女子感傷的情調，更見女子纖細溫

〔註 14〕見《西泠閨詠》卷十二〈紫竹林懷嚴蕊珠〉。
〔註 15〕轉引自施淑儀輯《清代閨閣詩人徵略》卷八。
〔註 16〕以上事蹟轉引自王稼冬〈葉小鸞眉子硯流傳小考〉。
〔註 17〕見《疚齋雜劇》，頁 9。

柔之態，如果這一切都能經過更多人去咀嚼、回味，相信其影響力當不止於此。

附錄一　葉氏家族事蹟表

紀　　元	葉　紹　袁　生　平	葉氏母女重要事蹟	備　註
神宗萬曆十七年 己丑 1589 年	出生		
神宗萬曆十八年 庚寅 1590 年		沈宜修出生	
神宗萬曆三三年 乙巳 1605 年	十七歲 結婚。	沈宜修（16 歲）嫁入葉家。	
神宗萬曆三八年 庚戌 1610 年	二二歲 長女生。	六月，葉紈紈出生。	沈璟卒。
神宗萬曆四一年 癸丑 1613 年	二五歲 次女生。	四月，葉小紈出生。	
神宗萬曆四二年 甲寅 1614 年	二六歲 八月二十九日，長子世佺生。		
神宗萬曆四三年 乙卯 1615 年	二七歲	小紈（3 歲）與沈永禎（5歲）訂婚。	
神宗萬曆四四年 丙辰 1616 年	二八歲	三月八日，三女小鸞生。家貧乏乳，生後四月寄養沈君庸家。	湯顯祖卒。
神宗萬曆四五年 丁巳 1617 年	二九歲	宜修父沈懋所，掛冠棲隱硯石山中。	
神宗萬曆四六年 戊午 1618 年	三十歲 三月九日次子世偁生。	八月，宜修與倩倩同遊。	

紀　元	葉　紹　袁　生　平	葉氏母女重要事蹟	備　註
神宗萬曆四七年 己未 1619 年	三一歲		沈自徵 1619 年前後在世。
	七月二日三子世偁生。		
光宗泰昌元年 庚申 1620 年	三二歲		
	八月廿五日，四子世侗生。		
熹宗天啓二年 壬戌 1622 年	三四歲	宜修父沈懋所卒。	
熹宗天啓四年 甲子 1624 年	三六歲		
	1. 二月十九日，五子世儋生。 2. 五月鄉舉二等及第。 3. 七月下旬弟季若同旅南京；八月廿日到家；九月初六日再入京。		
熹宗天啓五年乙 丑 1625 年	三七歲	十一月，小鸞自沈君庸家歸。	
	二月廿八日，科舉成績發表。		
熹宗天啓六年 丙寅 1626 年	三八歲	1. 三月，小鸞（11 歲）與張立平（12 歲）訂婚。 2. 五女小繁生。 3. 長女紈紈（17 歲）結婚。	
熹宗天啓七年 丁卯 1627 年	三九歲	1. 十月廿二日，沈君庸之妻張倩倩歿，年三十四歲。 2. 紈紈（18 歲）隨翁赴嶺西。	
	1. 九月廿九日，世侹生。 2. 十一月，昇北京國子監助教。		
思宗崇禎元年 戊辰 1628 年	四十歲		沈自晉 1628 年前後在世。
	十月昇工部虞衡司主事。		
思宗崇禎二年 己巳 1629 年	四一歲		
	1. 秋，世侕（12 歲）與顧紘訂婚。 2. 十月北上。		

紀　元	葉　紹　袁　生　平	葉氏母女重要事蹟	備　註
思宗崇禎三年 庚午 1630 年	四二歲 因母馮太宜人年老，陳情乞養，十二月二十八日歸鄉里。	1. 秋，紹袁自北京寄詩歸，妻女四人和以七言律詩。 2. 宜修恩封安人。 3. 小紈結婚。	
思宗崇禎四年 辛未 1631 年	四三歲 十一月八日，八子世儴生。	1. 元旦大會諸兄弟子姪。 2. 一月二日，紈紈歸寧。 3. 八月，紹袁傚李滄溟〈秋日村居詩〉八首，宜修、紈紈、小紈、世佺、小鸞皆和之，一家六人，成文學之雅會。 4. 小紈隨夫遷居江干，貧甚。	
思宗崇禎五年 壬申 1632 年	四四歲	1. 春，紈紈的侍婢繡搖死，紈紈悲其死，作〈悼婢繡搖〉的七絕一首。 2. 九月十五日，小鸞教六弟世佺（6 歲）、幼妹小繁（7 歲）同讀《楚辭》。 3. 十月十一日卯時，小鸞病歿，時年十七。小紈作〈哭瓊章妹〉的七言絕句十首。 4. 十一月，紈紈作〈哭亡妹瓊章十首〉，竟成絕筆。 5. 十二月二十二日，紈紈歿，時年二十三歲。小紈作〈哭昭齊姊挽歌七首〉的七言古詩。 6. 冬，葉紈紈遺稿《愁言》，及葉小鸞的遺稿《返生香》二書出版。	
思宗崇禎六年 癸酉 1633 年	四五歲 長男世佺、三男世㑵補弟子員。 　　長男世佺 19 歲 　　次男世偁 16 歲 　　三男世㑵 15 歲 　　四男世侗 14 歲 　　五男世儋 10 歲	宜修 44 歲 次女小紈 21 歲 五女小繁 8 歲	

紀　元	葉　紹　袁　生　平	葉氏母女重要事蹟	備　註
	六男世俗 7 歲 七男世侹 5 歲 八男世儴 3 歲		
思宗崇禎七年 甲戌 1634 年	四六歲	春，宜修作〈表妹張倩倩傳〉。	沈君庸在新安，偕友人作紅葉社。
思宗崇禎八年 乙亥 1635 年	1. 二月二十四日，次子世侹死，時年十八。 2. 母馮氏逝世，享年七十六歲。 3. 四月十六日，八子世儴死，時年五歲。	1. 二月小紈（23 歲）歸寧，聞妹瓊章居室之疏香閣外古梅一株，自其死後三年不開，作七言律詩。 2. 七月，宜修作〈七夕病中作〉、〈病中早秋〉、〈貧病〉三首；八月，作〈病中上泖大師〉，此俱沈宛君絕筆。 3. 九月四日夜十二時，宜修逝世，年四十六歲。 4. 小紈因母喪而歸寧，悲母之死，作〈哭母〉七言古詩一首。	
思宗崇禎九年 丙子 1636 年	四八歲	1. 春，遣嫁素韋（20 歲）、紅于（瓊章的侍女，18 歲）兩婢，爲士人妾。 2. 春，《秦齋怨》成。秦齋，是紹袁室名，此集乃收集葉紹袁之悼亡諸作。 3. 秋，小紈的《鴛鴦夢》雜劇成。 4. 九月，《午夢堂集》成 《鸝吹集》三卷 《彤奩續些》一卷 《窈聞》一卷 《伊人思》一卷 《秦齋怨》一卷 《屺雁哀》一卷 《百旻遺草》一卷 《返生香》一卷 《愁言》一卷 共九種，後加《靈護集》一種。其中無《鴛鴦夢》。	

紀　元	葉　紹　袁　生　平	葉氏母女重要事蹟	備　註
思宗崇禎十一年 戊寅 1638 年	五十歲 1. 春，葉天寥《自撰年譜》一卷成，取蘧伯玉五十而知四十九年之非的意思，遂以四十九年爲止。 2. 十月，三男世偁（20 歲）與沈君晦長女憲英（17 歲）結婚。		
思宗崇禎十二年 己卯 1639 年	五一歲 九月，四子世侗與周盈盈結婚。		
思宗崇禎十三年 庚辰 1640 年	五二歲 1. 正月廿二日，三子世偁妻憲英生一女。 2. 偁卒於家庵圓通精舍，年二十二歲。 3. 三月，弟季若升南京光祿，衣錦還鄉，同情葉家的貧窮，贈百金。因此，世偁的遺集《靈護集》得以出版。 4. 七月，作《金剛經參同契》初次就稿。 5. 七月二十日，世侗生男，雖然房序屬四，實長孫也，因希望其能和魏晉時代的寶掌和尙一樣長壽，乃爲其命字曰寶掌。又，悲三男死而無子，於世偁之女，命名寶珠。		
思宗崇禎十四年 辛巳 1641 年	五三歲 1. 二月，葉家自謝齋移居東偏居。 2. 五月，沈自友（君張）家有女樂七八人，演雜劇及玉茗堂諸本，觀劇者爲沈君張兄弟二三人，與葉紹袁及周安期。 3. 十月二十日，妻弟沈君庸卒，年五十一。	家境蕭然，五女小繁（16 歲）歸於王婿，早失母，無人爲其治奩，又家境蕭然，婚禮悉歸於儉。	

紀　元	葉　紹　袁　生　平	葉氏母女重要事蹟	備　註
思宗崇禎十五年 壬午 1642 年	五四歲 1.《纂鈔楞嚴經注》完成。 2.閏十一月十八日，世侗的第二子生，名舒徽。	1. 四月，五女小繁歸寧，住一月而去。 2.《瓊花鏡》成。 　　次女小紈 30 歲 　　長男世佺 28 歲 　　世傛之女寶珠 3 歲 　　四男世侗 23 歲 　　世侗之子寶掌 3 歲	沈德符卒。
		五男世儋 19 歲 五女小繁 18 歲 六男世倌 16 歲 七男世倕 14 歲	
思宗崇禎十六年 癸未 1643 年	五五歲 五月十四夜十二時五男世儋死，年二十歲。	1. 四月二十一日，孫女寶珠死，時年四歲。 2. 八月，小繁歸寧，哭悼世儋等之死；九月十一日歸蘇州。	
思宗崇禎十七年 甲申 1644 年	五六歲 十月初三，世侗第三子生，名舒嶷。	1. 四月，宜修妹沈智瑤因其夫日以賭為業，貌陋性悍，怨憤投水自盡。 2. 十月，小繁歸寧。	
清世祖順治二年 乙酉 1645 年	五七歲 1. 贈林小眉以《午夢堂集》。 2.《續譜》一卷成。 3. 六月四日，清軍進擊蘇州。沈君晦起義師於陳湖。 4. 八月二十五日，告辭家廟，率諸子逃入山，赴圓通寺。八月二十六日，將《午夢堂集》六部及其他物品，委託於圓通庵主達元，請其保管。八月二十七日，告別家人，向浙江餘杭的皋亭山出發，擬事佛道修行。	次女小紈 33 歲 長男世佺 31 歲 四男世侗 26 歲 世侗之子寶掌 6 歲 　　　　舒徽 4 歲 　　　　舒嶷 2 歲 五女小繁 21 歲 六男世倌 19 歲 七男世倕 17 歲	1.祁彪佳卒。 2.馮夢龍卒。
清世祖順治三年 丙戌 1646 年	五八歲	四月十六日，亂兵侵入，書櫥悉毀，簡帙拋零滿地。憤此地貧而無物，逞憾將《午夢堂集》板碎以供爨。	

紀　元	葉　紹　袁　生　平	葉氏母女重要事蹟	備　註
清世祖順治五年 戊子 1648 年	六十歲卒 1. 二月十一日，受馮茂遠（兼山）之招，與世偁、世倕二子，同赴耘廬。 2. 九月下旬，卒於母親馮氏娘家馮兼山之別墅耘廬，卒年六十歲。		

紀　元	葉氏家族事蹟紀要	備　註
清世祖順治十三年 丙申 1656 年	世倜、世倕誤食毒菌，同歿於皋亭山寺，時倜年三十七，倕年二十七。 　　次女小紈 44 歲 　　長男世佺 42 歲 　　　世倜之子寶掌 17 歲 　　　舒徽 15 歲 　　　舒嶷 13 歲 　　五女小繁 33 歲 　　六男世偁 30 歲	
清世祖順治十四年 丁酉 1657 年	小紈歿，年四十五歲。	
清世祖順治十五年 戊戌 1658 年	世佺歿，年四十五歲。	

參考文獻（以出版時間先後排序）

1. 《葉天寥年譜》，葉紹袁（《自撰年譜》一卷、《續譜》一卷、《別冊》一卷、《甲行日注》八卷），〔清〕吳興劉氏嘉葉堂刊行，冊 71～73。
2. 《吳江縣志》，收於《中國方志叢書‧華中地‧第一六三號》，臺北：成文出版社，據〔清〕陳荀纕等修，倪師孟等纂，清乾隆十二年修，石印重印本。
3. 《中國文學家大辭典》，譚正璧編，臺北：世界書局，1962 年 11 月初版。
4. 《歷代名人年里碑傳總表》，姜亮夫，臺北：商務印書館，1965 年 4 月。
5. 《明清歷科進士題名碑錄》，臺北：華文書局，1969 年 12 月初版。
6. 《明代劇作家研究》，〔日〕八木澤元，臺北：中新書局有限公司，1977 年 4 月初版。

7. 《明清江蘇文人年表》，張慧劍，上海：上海古籍出版社，1988 年 12 月 1 版 1 刷。

8. 〈葉氏一家及其《午夢堂集》的流傳〉，冀勤，《文獻》，1990 年第 3 期，頁 256～261。

9. 〈關於葉紹袁家世資料的幾點補正〉，鄧長風，《文獻》，1993 年第 3 期，頁 232～246。

附錄二　《午夢堂集》版本敘錄

書　名	序 文 目 次	說　　　明
1.《午夢堂集》	明崇禎九年（西元 1636 年）原刊本，九種十一卷。	據葉紹袁自撰《葉天寥年譜》卷一頁 38b 云：「（崇禎）九年丙子四十八歲……九月《午夢堂集》成，《鸝吹》三卷、《彤奩續些》一卷、《窈聞》一卷、《伊人思》一卷、《秦齋怨》一卷、《屺雁哀》一卷、《百旻》一卷，并《返生香》、《愁言》二卷，共九種。後入《靈護集》，集爲十種。」《靈護集》雖附繫於此年，實爲追記，在《續譜》中，葉氏在崇禎十三年（西元 1640 年）條下云：「三月季若升南光祿卿，晝錦歸里，傷余貧而戚也，爲贈百金，因得與俗刻，時義名苗語，古文名靈護集。」故知原刻本僅九種。其書未見。
2.《午夢堂詩文十種》	明崇禎間刊本，一種，半葉 11 行，行 22 字，前有葉紹袁崇禎九年序。其十種爲：《鸝吹》、《愁言》、《返生香》、《窈聞·續窈聞》、《伊人思》、《彤奩續些》卷上、《彤奩續些》卷下、《秦齋怨》、《屺雁哀》、《百旻》。	在《午夢堂集》的其他版本，往往分種不同，如《窈聞》與《續窈聞》有時被當成兩種，而《彤奩續些》則大多視爲一種。本書順序與原編者《自撰年譜》所載不同，雖保留有原刊本序，卻非原刊本。現存北京大學圖書館善本書室。
3.《午夢堂集十二種》	明崇禎間刊本，十二種，二十三卷，半葉 9 行，行 20 字。前有吳梅手跋並刊有曹能始崇禎己卯年（西元 1639年）〈午夢堂集序〉。其十二種順序如下：《鸝吹集》二卷及附集二卷、《鸝吹集·梅花詩》一卷、《愁言》一卷	據〈鴛鴦夢·小序〉文末署曰：「崇禎丙子秋日舅氏沈君庸甫識。」知《鴛鴦夢》雜劇亦成於崇禎九年秋，但原刊本並未收入。再者，此十二種細目乃據《北京圖書館善本書目》移錄，該書目較其他爲詳，將各卷附集亦一

	及附集一卷、《返生香》一卷及附集一卷、《鴛鴦夢》一卷、《竊聞》一卷及《續竊聞》一卷、《伊人思》一卷、《百旻遺草》一卷及附集一卷、《秦齋怨》一卷及〈春餘續附〉一卷和〈期淚〉一卷、《屺雁哀》一卷、《彤奩續此》二卷、《靈護集》一卷及附集一卷。	一指出,非其他刊本無附集,乃詳、略不同耳。此書由吳梅捐給北京圖書館。另,中國人民大學圖書館亦藏有同刊本的另一部,五冊一函,據其《古籍善本書目》,細目作:「存《鸝吹》二卷,《愁言》一卷,《返生香》一卷,《秦蘭怨》(蘭應改爲齋)一卷,《百旻遺草》一卷,《屺雁哀》一卷,《靈馥集》(馥應改爲護)一卷。9行20字,白口,四周單邊。」
4.《午夢堂詩文十種》	明崇禎間刊本,十種,十五卷,三冊,半葉9行,行20字(序有一篇例外)。共有葉紹袁崇禎九年序等五篇序。其十種順序如下:《鸝吹集》二卷附集一卷《梅花詩》一卷、《愁言》一卷、《返生香》一卷、《竊聞》一卷、《續竊聞》一卷(按:《國立中央圖書館善本書目》誤「竊」爲「竊」。)、《伊人思》一卷、《彤奩續此》、《秦齋怨》一卷、《屺雁哀》一卷、《百旻遺草》一卷、《鴛鴦夢》一卷。	此刊本現存國家圖書館,並製有微卷。新竹清華大學亦購有複製之微卷(MF000912),藏於人社院圖書館。
5.《午夢堂詩文十種》	明崇禎間刊本,十種,十五卷,六冊,半葉9行,行20字。共有葉紹袁崇禎九年序第四篇序。其十種順序如下:《鸝吹集》二卷附集二卷、《百旻遺草》附集一卷、《愁言》一卷、《竊聞正續》二卷、《返生香》一卷、《伊人思》一卷、《梅花詩》一卷、《屺雁哀》一卷、《秦齋怨》一卷、《彤奩續此》二卷。	本刊本與前一種(4)版本相比,少了一篇序(「嘗讀闓之詩」)及各種排序不同以外,最明顯的是未收《鴛鴦夢》,而將《梅花詩》一百首獨立爲一卷,並將原爲一卷的《鸝吹集》附集析爲上下二卷,故仍登錄爲十五卷,這在所有現存版本中是唯一如此分卷的。除此,行款、字體完全同於前一種。現存國家圖書館。
6.《午夢堂詩文》	明崇禎間刊本,七種,九卷,四冊,半葉9行,行20字。共有曹能始崇禎己卯年的〈午夢堂集序〉、葉紹袁崇禎九年序及「嘗讀闓之詩」序。七種順序如下:《鸝吹集》二卷、《梅花詩》一卷(原應有百首,此剩95首)、《愁言》一卷、《返生香》一卷、《竊聞》一卷《續竊聞》一卷、《伊人思》一卷、《鴛鴦夢》一卷。	《國立中央圖書館善本書目》將此刊本視爲十種十五卷刊本的殘本,故著錄時特別標「存七種」、「缺《鸝吹附集》、《彤奩續此》、《秦齋怨》、《屺雁哀》、《百旻遺草》等六卷。」經比對,除多一篇〈午夢堂集序〉外,其餘皆與4.同。然此刊本除梅花詩少了五首外,其他實無明顯脫卷現象。另,亦有可能是十二種二十三卷本的同一種覆刊本,因爲兩者都有一篇崇禎己卯年曹能始寫的〈午夢堂集序〉。現存國家圖書館。

7.《重訂午夢堂集八種》	明崇禎間刊本，八種，行款、句讀、文旁圈點與斷版處，皆與 3.二十三卷本同，唯重訂者多有鏟挖。前有李一氓手跋，其內則間有一氓眉批，並增加〈彤奩雙題詞〉。其八種順序爲：《鸝吹集》、《返生香》、《鴛鴦夢》、《梅花詩》、《愁言》、《窈聞》、《續窈聞》、《伊人思》。	此刊本鏟挖處，頗值得探討，如〈鸝吹集·季女瓊章傳〉中，即鏟去底下一段文字：「于歸已近，竟成不起之疾。十月十日，父不得已，許婿來就婚，即至房中，對兒云：『我已許彼矣，努力自攝，無誤佳期。』兒默然，父出。即喚紅于問曰：『今日何日？』云：『十月初十。』兒嘆曰：『如此甚速，如何來得及？』未免以病未有起色，婿家催迫爲焦耳。不意至次日天明，遂有此慘禍也。」該書原收藏者李一氓在此批曰：「刪去這一段，想掩飾什麼？此段文字隱隱道出小鸞之死爲婚事也。」故其鏟挖，似有某種忌諱。現該刊本存北京大學圖書館善本書室。
8.《午夢堂集》	明刊本，十卷。	此書著錄於《千頃堂書目》，其云：「吳江葉氏《午夢堂集》十卷　工部郎中葉紹袁妻沈宜修，字宛君，吳江人，山東副使珫之女，有《鸝吹集》三卷。長女紈紈，字昭齊，歸袁氏，有《愁言》一卷，又有〈芳雪軒遺稿〉。幼女小鸞，字瓊章，一字瑤期，未嫁而夭，有《返生香》一卷，又有《疏香閣附集》。」敘述過於簡略，如言十卷，卻僅提及三種（《芳雪軒遺稿》和《疏香閣》皆僅作爲附集而已），加起來只有五卷，故詳細內容及種數不得而知。
9.《午夢堂十種》（內閣文庫本）	明崇禎間本，十種，十五卷。其十種順序如下：《鸝吹集》二卷《鸝吹附集》一卷《梅花詩》一卷、《愁言》一卷《芳雪軒附集》、《返生香》一卷《疏香閣附集》、《窈聞》一卷《續窈聞》一卷、《伊人思》一卷、《彤奩續些》二卷、《秦齋怨》一卷、《屺雁哀》一卷、《百旻遺草》一卷《百旻遺草附集》、《靈護集》一卷《靈護附集》。	此刊本收有《靈護集》，故最早不會早於崇禎十三年。據日人八木澤元《明代劇作家研究》，得知藏於日本內閣文庫。
10.《午夢堂集》（鄭振鐸原藏本）	明崇禎間刊本，十二種，十五卷。其十二種順序如下：《鸝吹集》二卷《鸝吹附集》一卷、《百旻遺草》（原「旻」誤作「閔」）一卷、《愁言·芳雪軒遺集》一卷、《窈	鄭振鐸《劫中得書記》明白聲稱此一刊本乃「明崇禎九年刊本」，然前已據編者年譜知原刊本只九種，且未收《鴛鴦夢》，故此非九年原刊本可知。又，書中對葉德輝之翻刻本，譏

	聞》一卷、《續窈聞》一卷、《返生香‧疏香閣遺集》一卷、《鴛鴦夢》一卷、《伊人思》一卷、《梅花詩》一卷、《屺雁哀》一卷、《秦齋怨》一卷、《彤奩續些》二卷。	云「失原刻精神」，又記其曾見「原本」一部，皆可推測鄭氏頗以為此一藏本為原刻本。現存北京圖書館。
11.《午夢堂集》（澤存書庫本）	明崇禎間刊本，八卷，六冊，缺二種。	國家圖書館《午夢堂詩文》（6）中夾有一書籤，載明藏於「澤存書庫」的刊本，然該善本書室，並無此刊本。
12.《午夢堂集》（《彙刻書目》著錄本）	明崇禎間刊本，十二種，順序如下：《鸝吹》附《梅花詩》、《愁言》、《返生香》、《鴛鴦夢》、《窈聞‧續窈聞》、《伊人思》、《百旻》、《秦齋怨》、《屺雁哀》、《彤奩續些》、《靈護》（護應作護）、《瓊花鏡》。	此刊本一般人皆以為是清嘉慶四年顧修《彙刻書目》第九冊著錄，經查並無，而在光緒元年二月陳光照增輯重刊本中才著錄。另，《靈護集》、《瓊花鏡》皆收者，只有葉德輝的重輯本《午夢堂全集十二種》，故疑此亦為清重輯本。其書今未見。
13.《午夢堂集》（《續彙刻書目》著錄本）	明崇禎丙子刊本，八種，九卷，其八種順序如下：《鸝吹》二卷、《香雪吟》一卷、《伊人思》一卷、《愁言》一卷、《鴛鴦夢》一卷、《返魂香（為返生香之誤）》一卷、《窈聞》一卷、《續窈聞》一卷。	《香雪吟》即《梅花詩》，以之為卷名，清抄本或清刊本才有，而此目錄順序與沈德潛鑒定本相同，疑應為清刊本，而非崇禎丙子刊本。另國家圖書館所藏《午夢堂詩文》，著錄為「存七種九卷六冊……明崇禎間刊，清代印本，缺《伊人思》至《百旻遺草》等五種六卷。」但經與沈德潛鑒定本對照，《梅花詩》亦作「香雪吟」，除序只四篇外，餘皆同，故疑即此刊本，而非所謂存七種之殘本。宜改「八種九卷」。
14.《重訂午夢堂集》	清順治十八年（西元1661年）刊本，八種。前有葉紹顒〈重訂午夢堂集序〉、康生藏書印。總目計有：《鸝吹》附《香雪吟》、《愁言》、《鴛鴦夢》、《返生香》、《伊人思》、《窈聞》、《續窈聞》、《存餘草》。	本刊本第一次將葉小紈《存餘草》收入，內容為詩。現存北京大學圖書館善本書室。
15.《午夢堂十二種》	抄本，十二種，十六卷。	此僅《嘉業堂抄校本目錄》著錄，其餘不詳。
16.《午夢堂詩抄》	清康熙丙寅（西元1686年）二棄草堂刊本，四種，四卷。四種為：《鸝吹集》一卷、《愁言》一卷、《返生香》一卷、《存餘草》一卷。前有葉燮〈午夢堂詩鈔述略〉及郭麐手跋。	此四種乃葉紹袁六子葉燮所輯。單收詩，《鸝吹集》99首、《愁言》37首、《返生香》47首、《存餘草》35首。現存北京大學圖書館。另，葉燮《已畦集》某些刊本，其末亦附有《午夢堂詩鈔四卷》，如日本內閣文庫所藏。

17.《重訂原本午夢堂六種》	清刊謝齋藏板。九卷，四冊，半葉9行，行20字。其六種為：《鸝吹集》二卷、《梅花詩》一卷、《愁言》一卷、《鴛鴦夢》一卷、《返生香》一卷、《窈聞》一卷《續窈聞》一卷、《伊人思》一卷。	謝齋乃葉紹袁姪孟徵之故居。葉紹袁在年譜《別記》中〈辛巳二月〉條下曾云：「謝齋本姪孟徵故居也。庭有玉蘭二樹，花香芬馥，取玉樹階庭之意，故名謝齋。」現存臺北中央研究院傅斯年圖書館。另，北京大學圖書館善本書室亦存。
18.《午夢堂集八種》	清乾隆戊寅年（西元1758年）的重鐫本，葉衕藏本，八種，八卷，三冊，半葉9行，行20字。扉頁題「大宗伯沈歸愚先生鑒定」，首冊前比其他版本多出沈德潛的序及葉紹袁五世姪孫恆椿所寫的序。八種順序如下：《鸝吹集》一卷、《香雪吟》一卷、《伊人思》一卷、《愁言》一卷、《鴛鴦夢》一卷、《返生香》一卷、《窈聞》一卷、《續窈聞》一卷。	葉恆椿在序中曾云：「其《靈護》、《百旻》、《續此》、《怨》四種，以語多愁寂，略之。」蓋此四種，內容多為祭文悼亡詩，故語多愁寂。雖此刊本號曰「鑒定」，然內容似無所更定。《臺灣公藏普通本線裝書目書名索引》以「存」八種八卷視之，但誤繫為乾隆十三年刊本，「戊寅」年乃乾隆二十三年。現存臺灣大學文學院聯合圖書館及北京大學圖書館善本書室。
19.《午夢堂全集》	清宣統辛亥（西元1911年）觀古堂刻本，十二種，十五卷，六冊，半葉11行，行22字。扉頁題有「德輝署」。十二種順序如下：《鸝吹集》二卷附《梅花詩》、《愁言》一卷附《芳雪軒附集》、《返生香》一卷附《疏香閣附集》、《鴛鴦夢》一卷、《窈聞》一卷《續窈聞》一卷、《伊人思》一卷、《百旻遺草》一卷附《百旻附集》、《秦齋怨》一卷、《屺雁哀》一卷、《彤奩續此》二卷、《靈護集》一卷、《瓊花鏡》一卷。	《續修四庫全書總目提要》誤將《百旻遺草》調至《返生香》之後，而將《鴛鴦夢》挪至《瓊花鏡》之前，此順序與現存三部葉德輝輯刻本皆異。又，《提要》云：「宣統辛亥紹袁裔孫德輝參校崇禎、乾隆兩本，編次付刊，其《瓊花鏡》一種，乃道光末年吳江縣知縣宛平王壽邁所輯《硯緣集》彙刻本。」本刊本現存臺灣大學研究生圖書館、臺北中央研究院傅斯年圖書館（編成十二冊，收於《郋園全書》第一五三～一六二冊）、日本京都大學人文科學研究所。
20.《午夢堂全集》	民國五年吳江唐氏寧儉堂排印本，十二種，二十一卷。	此排印本《臺灣公藏普通本線裝書目書名索引》著錄，載明「臺大（研）488」，據此提書查閱，乃葉德輝觀古堂本，但目錄左側有一長方板記：「歲在丙辰季秋月　葉氏觀古堂刊板」，丙辰應指民國五年（西元1916年），但非排印本，而是觀古堂覆刊本。亦查無左列項目，姑存疑。
21.《午夢堂全集》	民國二十五年上海雜誌公司據原刊本排印本，十二種，十五卷，二冊，貝葉山房張氏藏本。編入《中國文學珍本叢書》第一輯第四十九種。有普及本、特印本兩種。封面有周作人題字。	扉頁雖題「據原刊本排印」，然此原刊本實指與葉德輝刻本源流相同之原刻本，或就是根據葉德輝刻本所排之鉛印本。現存國家圖書館、日本東京女子大學。

22.《午夢堂集》	民國中華書局鉛印本，十三種，冀勤點校。目次如下：《鸝吹集》附《梅花詩》、《愁言》、《返生香》、《窈聞》、《續窈聞》、《伊人思》、《彤奩續些》、《秦齋怨》、《屺雁哀》、《百旻遺草》、《鴛鴦夢》、《瓊花鏡》、《存餘草》。	中華書局，1998 年。

　　另有一些可能是單行本或殘集中剩下的單本，以及被收入叢書者，也一併附錄於此，以供參考：

1. 《鴛鴦夢》一卷，明崇禎間刻本。《上海圖書館善本書目》著錄。日本「長澤雙紅堂文庫」亦藏。

2. 《伊人思》一卷、《屺雁哀》一卷，明崇禎間刻本，同一函。現存美國國會圖書館善本書室。

3. 《秦齋怨》一卷、《伊人思》一卷，明崇禎間刊本，現存日本內閣文庫。

4. 《豔體連珠》一卷，原收入《返生香》。《檀几叢書》卷三十六收入（康熙間王晫、張潮同編）、《筆記小說大觀》第五編第 5 冊、《香豔叢書》第 1 輯第 3 冊皆收入。現存臺灣大學文學院聯合圖書館、清大人社院圖書館等地。

5. 《瓊花鏡》一卷，收在道光末年王壽邁《硯緣集》彙刻本中。

6. 《疏香閣詞》一卷，收於《小檀欒室彙刻閨秀詞》第 20 冊。現存臺大研究生圖書館。

7. 《彤奩續些》二卷，收於《硯園集錄》冊 3；《愁言》一卷、《窈聞》二卷、《鴛鴦夢》一卷，收於《硯園集錄》冊 4。現存中央研究院傅斯年圖書館。

按：疑《硯園集錄》可能是《硯緣集》（或《硯緣集錄》，見圖 21）之誤，但該套書禁止外借，僅據該館書卡著錄。

參考文獻 (以出版時間先後排序)

1. 《葉天寥年譜》，葉紹袁（《自撰年譜》一卷、《續譜》一卷、《別記》一卷、《甲行日注》八卷），〔清〕吳興劉氏嘉葉堂刊行，冊 71～73。

2. 《彙刻書目初編》，陳光照增輯，光緒元年（西元 1875 年）重印本。

3. 《續彙刻書目》，羅振玉，連平范氏雙魚堂刊本，1914 年。

4. 《彙刻書目初編》，周毓邠，上海：千頃堂書局石印本，1919 年。

5. 《叢書書目彙編》，沈乾一，上海：醫學書局排印本，1928 年。

6. 《劫中得書記》，鄭振鐸，1956 年排印本。

7. 《上海圖書館善本書目》，上海圖書館善本部編，1957 年排印本。

8. 《北京圖書館善本書目》，北京圖書館善本部編，北京：中華書局，1959 年 9 月 1 版 1 刷，目八，頁 27。

9. 《中國善本書目提要》，王重民，臺北：中華書局，1960 年 10 月。

10. 《續修四庫全書總目提要》，王雲五主編，臺北：商務印書館，1971 年初版。

11. 《臺灣公藏善本書目書名索引》，國家圖書館特藏組編，1971 年 6 月版，頁 236～237。

12. 《叢書子目書名索引》，施廷鏞編，臺北：文海出版社，1971 年 12 月影印版，頁 872。

13. 《國會圖書館藏中國善本書錄》，臺北：文海出版社，1972 年 6 月影鈔本，頁 1118～1119。

14. 《彙刻書目》冊 9，顧修，臺北：廣文書局，1972 年 7 月初版。

15. 《明代劇作家研究》，〔日〕八木澤元，臺北：中新書局有限公司，1977 年 4 月初版。

16. 《增訂日本現存明人文集目錄》，山根幸夫，東京：汲古書院，1978 年 3 月，頁 86～87。

17. 《增訂本千頃堂書目》，黃虞稷，臺北：廣文書局，1981 年 9 月。

18. 《臺灣公藏普通本線裝書目書名索引》，國家圖書館特藏組編，1982 年 1 月，頁 54。

19. 《西諦書話》，鄭振鐸，北京：三聯書店，1983 年 10 月 1 版 1 刷，頁 297～298。

20. 《歷代婦女著作考》（增訂本），胡文楷編著，上海：上海古籍出版社，1985 年 7 月新 1 版 1 刷。

21. 《嘉業堂鈔本目錄》，周子美，華東師範大學出版社排印本，1986 年。

22. 《增訂二版國立中央圖書館善本書目》，國家圖書館特藏組編，1986 年 12 月，頁 1337。

23. 《明人傳記資料索引》，昌彼得編，臺北：國家圖書館，1987 年 1 月再版。

24. 〈葉氏一家及其《午夢堂集》的流傳〉，冀勤，《文獻》，1990 年第 3 期，頁 256～261，〈附錄：午夢堂集流傳簡表〉。

25. 《中國人民大學圖書館古籍善本書目》，中國人民大學圖書館・古籍整理研究所編，北京：中國人民大學出版社，1991 年 2 月 1 版 1 刷，集部・總集類・家集，頁 181。

26. 〈關於葉紹袁家世資料的幾點補正〉，鄧長風，《文獻》，1993 年第 3 期，頁 232～246。

27. 〈關於《午夢堂集》及其佚文〉，冀勤，《文獻》，1993 年第 3 期，頁 280～287。

附錄三　葉小紈《鴛鴦夢》析論

一、前　言

　　〔明〕葉小紈（西元 1613～1657 年）《鴛鴦夢》一劇，旨在悼亡大姊紈紈與三妹小鸞的雙逝，「寓言匹鳥，托情夢幻」透過「擬男」表現手法以及夢幻形式，寄託姊妹重聚之願望，並藉以治療心傷。這種創作模式，隱約與〔明〕湯顯祖（西元 1550～1616 年）所云「因情成夢，因夢成戲」之「晚明情觀」有某種程度呼應，故而本文亦有討論。

二、細說《鴛鴦夢》

（一）作者生平

　　葉小紈（西元 1613～1657 年），字蕙綢，江蘇省松江府吳江縣人，明神宗萬曆四十一年生，清順治十四年卒，終年四十五歲。父親葉紹袁（西元 1589～1648 年）是明天啓五年（西元 1625 年）進士，官至工部主事，母親沈宜修（西元 1590～1635 年）是著名戲曲家沈璟的姪女。小紈為曲壇名家沈璟的孫媳，諸生沈永禎（西元 1611～1646 年）之妻，但夫早卒。其女樹榮（字素嘉），亦工詩詞，適舅父世侗之子學山，有《月波集》。小紈幼時與姊妹常以詩詞唱和，終年不歇。後姊妹相繼夭歿，傷痛之餘作《鴛鴦夢》雜劇以寄意，其舅沈自徵，謂其格律頗有吳江派之風，甚至稱讚她「韻腳俊語，不讓貫酸齋（雲石）、喬夢符」。〔註 1〕小紈傳世作品，除《鴛鴦夢》雜劇外，尚有詩集《存餘草》。

〔註 1〕參見後引沈自徵〈鴛鴦夢・小序〉。

（二）《午夢堂集》的刊刻意義與《鴛鴦夢》創作背景

崇禎五年，葉家最有才氣的小鸞〔註2〕在將嫁之際、婚前五日逝去，十七歲少女的死亡開啓了葉氏家族接二連三的死訊：

崇禎五年（西元 1632 年），三女小鸞、長女紈紈雙逝。

崇禎八年（西元 1635 年），二子世偁、八子世儴、葉母、九月妻子宜修相繼離世……一家之主的葉紹袁強忍悲慟，於崇禎九年（西元 1636 年）九月，刻家族作品集《午夢堂集》。

《午夢堂集》的主要性質可分爲家人作品與親友悼念文章，而筆者在此區分爲三組：〔註3〕

1、葉氏母女的作品

沈宜修《鸝吹集》、《香雪吟》；葉紈紈《愁言》；葉小紈《鴛鴦夢》、《存餘草》；葉小鸞《返生香》；沈宜修輯當時婦女作品《伊人思》。

2、子女親友的悼祭文章

世偁、小紈等哭母哭姐之作《彶雁哀》；當地婦女名媛悼亡之作《彤奩續些》上卷；葉紹袁《秦齋怨》、《彤奩續些》下卷、《窈聞》、《續窈聞》、《瓊花鏡》。

3、兩位愛兒的遺作

葉世偁《百旻遺草》、葉世傛《靈護集》。

西元 1998 年北京中華書局出版《午夢堂集》排印本，由冀勤女士輯校，她在〈前言〉中即指出：

《午夢堂集》便是葉紹袁於崇禎九年（西元 1636 年）爲其妻女等人所精心編輯的一部詩文全集。其中包括葉紹袁夫人及其子女的詩詞集七種，其他選集兩種，餘爲葉氏本人之作，共保留了近百人的作品，對研究晚明社會和文學、人情和習俗，自是一份珍貴的資料。

除了葉氏家族作品，加上當時親友悼念諸文，《窈聞》、《續窈聞》、《瓊花鏡》

〔註 2〕 參見筆者拙著：《午夢堂集女性作品研究》，臺北：里仁書局，1994 年 4 月，頁 132〜137，在〈《午夢堂集》之餘韻〉一節中，舉例說明葉小鸞的才女形象在後世流傳甚遠，如曹雪芹《紅樓夢》中之黛玉、尤侗《鈞天樂》中的女主人公魏寒簧、冒廣生《疢齋雜劇》等。

〔註 3〕 同前註，頁 33〜42。

等作品呈現時人的宗教信仰活動，無怪乎「研究晚明社會和文學、人情和習俗，自是一份珍貴的資料。」況且明末的葉紹袁編輯的《午夢堂集》與清代的曹雪芹撰寫《紅樓夢》都同樣具有「書寫女性」的功能，爲文學史增添「閨閣傳心」的意義；而葉家主婦沈宜修，主動編輯《伊人思》，則更具備「女性自覺」；〔註4〕在十七世紀江南才女文化〔註5〕興盛的背景下，葉小紈又在通曉典學知識的家學淵源中，且能掌握音律而創作《鴛鴦夢》一劇，其文學價值乃爲下文探討重點。

此劇乃是葉小紈哀悼姊姊葉紈紈（西元 1610～1632 年）與妹妹葉小鸞（西元 1616～1632 年）仙逝而作。〔註6〕小鸞於崇禎五年（西元 1632 年）將出嫁的前五日病逝，而大姊紈紈在小鸞死後七十日，亦因哭妹悲慟而亡。三姊妹之間深濃難捨的姊妹情誼，在劇中藉著三位年輕文士結拜兄弟得以再現。

（三）劇作內容

《鴛鴦夢》共四齣，全用北曲。劇本前有正名：「三仙子吟賞鳳凰臺，呂眞人點破鴛鴦夢」，隨即「西王母引隊開上云」一段賓白〔註7〕交代故事大綱：天上西王母宴蟠桃，群仙邀遊林屋洞天，有三侍女文琴、飛玖、莖香動了凡心，互相結拜，指笠澤爲盟。只是天上湖仙打小報告，三人被罰下凡體驗人生；另外又指派呂洞賓下凡度脫三人，使三仙子齊歸正道，然後才是「楔子」及各齣，大意如下：

〔註4〕 沈宜修《伊人思·序》：『世選名媛詩文多矣！大都習於沿古，未廣羅今。太史公傳管晏云：「其書世多有之，是以不論，論其軼事。」余竊倣斯意，既登琬琰者，弗更採擷。中郎帳秘，迺稱美譚。然或有已行世矣。而日月湮焉，山川阻之，又可歎也。若夫片玉流聞，并及他書散見，俱爲彙集，無敢棄云。容俟博蒐，庶期燦備爾。』
沈宜修自言《伊人思》選輯女性作品的標準，不能「沿古」，因爲一成不變地承襲他人的選編，永遠只有這些「名作」，不會增加新收的作品，意義上只是「改版」而已。而女性作品流傳上本就較男性弱勢，故更須「廣羅」。名作不需再錦上添花，反而是更多不曾刊刻的作品要去搶救，這種眼光，可謂獨到！
〔註5〕 〔美〕高彥頤著，李志生譯，《閨塾師——明末清初江南的才女文化》，江蘇：江蘇人民出版社，2005 年 1 月。
〔註6〕 另外悼念姊妹詩作如〈哭瓊章妹〉十首、〈哭昭齊姊挽歌〉七首。
〔註7〕 這種體例不似南戲或傳奇的開場，更不似北劇的楔子，但以其所敘爲全劇關目張本，且言及作劇之本意，作用與南戲或傳奇以一至三闋家門詞牌「虛籠大意」、「隱括本事」者相同，蓋爲家門之變體。又，此亦例如「引子」，頗似章回小說中的「入話」部分。

楔　子

茝香仙子被貶下凡成爲一介書生蕙百芳，字茝香。蕙百芳自幼博覽群書，雅慕神仙，不好功名富貴。一日，蕙百芳午休小憩時做了個夢，夢裡有一座蓮花池，池中鴛鴦一對。忽然，一陣狂風，驚得那鴛鴦沖天飛去。

蕙百芳醒後，覺得此夢甚異，左右無事，便信步走走。走到鳳凰臺邊，依稀記得似乎是夢中景色，不遠處有兩人走來，一是昭慕成，字文琴；一是瓊龍雕，字飛玖；三人一見如故，結拜爲兄弟。大哥爲文琴，二哥爲茝香，小弟爲飛玖，三人相約明日中秋再聚。

第一齣

隔日中秋，茝香先到鳳凰臺等候，不久三兄弟再度聚會，一起在鳳凰臺把酒問青天。三兄弟一面喝酒，一面吟詩作對，不知不覺月已西沉，對於考取功名，三人都有「奸人當道，不如歸隱山林」的感嘆。當下兄弟便約定好，以後一起歸隱山林，不被世俗之事所羈絆。

第二齣

時光匆匆，離上次三兄弟聚會的中秋，又隔一年。外頭正下著雨，茝香獨自一人想念著去年中秋與文琴、飛玖一起喝酒、談天說地的情景。窗外夜雨不停，伴隨著秋天的涼風颼颼，更添幾分愁意。

第三齣

茝香昨晚作了一夢，夢裡飛玖走來拜訪，但哀聲嘆氣，與以往風雅絕不相類。茝香問：「兄弟爲何如何煩惱？可對我說？」飛玖正要說明時，忽然被簾前鐵片「噹」的一聲吵醒，方知是夢。不久，飛玖的僕人急速來報，茝香正要問起飛玖情形時，僕人卻道出飛玖已然病死的惡耗，茝香一聽，差點昏厥，急忙坐船去飛玖家。然而，天有不測風雲，人有旦夕禍福，文琴有病在身，又驚聞飛玖死訊，竟也一慟而亡。茝香受連番打擊，不敢相信天運竟是如此。

第四齣

茝香自從文琴、飛玖死後，爲了參透生離死別的道理，遂到處旅行，訪道尋眞。後來打聽到終南山上有一道者，能知過去與未來，茝香便動身前往拜訪。到了終南山，見到呂洞賓，茝香說：「弟子蕙百芳，因念生死無常，光陰迅速，遠慕高眞，特來到此。」茝香說明與文琴、飛玖結拜，但兩人竟先後相繼去世，三人相見無期，希望呂洞賓能讓他們三人重會。呂洞賓這時才

道出本相，原來三人俱是天上仙女被貶下凡體驗人生，又藉著茝香的「鴛鴦夢」點出人世間的一切不過是是一場夢罷了。茝香一聽即悟，此時文琴、飛玖也出場相認，原來他兩人在呂洞賓處等候茝香已久。最後文琴、茝香、飛玖一起前往西王母誕辰宴會獻壽。

大體而言，第一齣是「士之不遇」的命題；第二齣則似〈秋聲賦〉描摹秋聲，爲下一齣接二連三的死訊鋪陳背景；第三齣則是整個不幸事件的重心，第四齣即爲「人生如夢」之歎。

三、《鴛鴦夢》的「擬男」表現手法

這齣戲最明顯的特色是「以女作男」的「擬男」表現，主要是爲了葉小紈抒情與敘事之方便。「擬男」是一種有效的戲劇表現策略，使得葉小紈一方面能夠表現三姊妹類似於才子名士的精神特質，一方面能在不違背當時禮教（不允許閨女拋頭露面、現身說法，如後文所舉柳如是、芸娘之例），用戲劇呈現了已逝姊妹及自身的形象。雖然葉小紈並非以女性形象塑造劇中人物，但卻用了自己和姊妹名字的第一個字，作爲劇中三位少年文士的姓氏，並透露三人原爲仙女的事實。

與葉家三姊妹生平對照，紈紈、小鸞死於崇禎五年，各爲二十三、十七歲，是時小紈則是二十歲，正與劇中三人年齡相同，且死亡順序亦是先妹後姊，故可說是以實作實的寫法。

從劇中人物姓氏（顯然他們的命名原則是以葉氏姊妹實際生命「字」的第一字爲劇中的姓：葉紈紈字昭齊；葉小紈，字蕙綢；葉小鸞，字瓊章。劇中三位少年分別爲昭綦成、蕙百芳與瓊龍雕。）與死亡年歲對照，本劇實可稱爲「自傳劇」，爲了增強自傳色彩，甚至葉小紈也把三位書生的生活環境安排在她的家鄉「松陵地方，汾水湖濱」、「太湖澤畔，門臨漪碧，白鷗往來，儘可讀書適志」。今之學者華瑋女士在〈「擬男」的藝術傳統：明清婦女戲曲中之自我呈現與性別反思〉一文〔註8〕提到：戲曲學者嚴敦易認爲「擬男表現」是明清婦女劇作一大特色，所指涉的是女劇作家葉小紈「將人物托之於男身」的寫作手法（如《鴛鴦夢》）；另一位則是徐扶明，他用的是「以女作男」的說法：

> 葉小紈的《鴛鴦夢》，出現在劇中的三個才子，都是由仙女降世變男

〔註8〕華瑋，〈「擬男」的藝術傳統：明清婦女戲曲中之自我呈現與性別反思〉，《明清婦女之戲曲創作與批評》，臺北：中研院文哲所，2003年8月，頁99。

兒。看來，這些劇作，都是以女作男，各展其才，各現其志，強烈
地表現了「巾幗翻作大丈夫」，不甘心處於「雌伏」的屈辱地位，並
借以爲當時身受封建重壓的婦女大鳴不平，一吐怨氣。〔註9〕

這段話非常值得玩味，劇中仙女爲何得化身爲男兒，方能各展其才？因爲中國
千年的禮教壓迫，不僅限制婦女行動之自由，也極大程度束縛了她們的思想。
雖然有些女子頗負才華，渴望一展長才，卻又不知出路何在，於是只好易裝。
這也是花木蘭必須「易裝」才能代父從軍，黃崇嘏必須「隱性」，才能宦途大展。
非唯葉小紈如此處理，其他如吳藻（西元1799？～1862？）的《飲酒讀騷》（又
名《喬影》），寫女子「自慚巾幗，不愛鉛華」作男子裝，飲酒讀〈離騷〉，「今
朝並入傷心曲，一洗人間粉黛羞。」「美人幽恨才人淚，莫作尋常詠絮看。」何
佩珠（西元1819？～？）的《梨花夢》劇中主角，女易男裝，自道：「厭爲紅
粉，特挽烏巾，敢夸名士風流，聊洗美人習氣。」明白表示「天公奇福何嘗吝，
不付男兒付女兒。」爲沉埋閨閣十數年的女子大吐了一口怨氣。

　　明清婦女創作戲劇時，將劇中女子化爲男子，而現實生活中的明清女子
呢？余秋室所繪「河東君初訪半野堂小景」（參看陳寅恪先生《柳如是別傳》），
此圖即記載崇禎十三年（西元1640年）柳如是（西元1618～1664年）的一
項具體事蹟：「崇禎庚辰冬，扁舟訪宗伯，幅巾弓鞋，著男子服，口便給，神
情灑落，有林下風。」（顧苓，〈河東君小傳〉）孫康宜更指出柳如是的詩詞成
就〔註10〕並非暗示歌伎心存和鬚眉一別苗頭，是希望另建一個女人的地位，
而是暗示一種能力，足以泯除男女之間的界限。柳如是以身作則，進一步暗
示歌伎再也不是「聊天的陪客，或僅僅是個藝匠」。唐代之前或許她們是這種
人，如今則不然，反而是各有專著的「作家」或「藝術家」，承襲了和男性一
樣的文學傳統，也和男生一樣處身於當代的文學氣候裡。〔註11〕然而，她初
次造訪錢謙益半野堂，卻是一襲儒士書生之扮，甚至成爲後世文人、畫家題
詠、圖繪之文本，這之間文化意涵當可再作推敲深究。〔註12〕

〔註9〕　徐扶明，〈明清女劇作家和作品初探〉，《元明清戲曲探索》，杭州：浙江古籍
　　　　出版社，1986年，頁271～273。
〔註10〕　柳如是詩文目前可見主要分爲《戊寅草》、《湖上草》、《尺牘》、《東山酬和集》、
　　　　《柳如是詩文補輯》等，共計：詩一百八十三首、詞三十三闋、文（含賦及
　　　　尺牘）三十五篇。
〔註11〕　參見孫氏著，李奭學譯《陳子龍柳如是詩詞情緣》，臺北：允晨文化，1992
　　　　年。
〔註12〕　參見拙著《河東君與《柳如是別傳》——『接受觀點』的考察》，2003年　7

　　再如《浮生六記》一書，是沈三白（西元 1763 年～？）記載（或追憶）的生活細節，他曾稱讚：「（陳）芸一女流，具男子之襟懷才識。」（卷三），對芸（西元 1763～1803 年）曾感嘆：「惜卿雌而伏，苟能化女爲男，相與訪名山，搜勝跡，遨遊天下，不亦快哉！」（卷一）在潛意識中，三白常將芸視爲同性「哥兒們」。他將芸的詩作戲題爲「錦囊佳句」，將芸比爲唐代詩人李賀。在三白的心理期待中，也迫切希望芸變成一個男子。他清楚的是芸娘的女性身分注定不能改變。於是，他對芸娘表達自己的奇想：「來世卿當作男，我爲女子相從。」就在神誕之時、花照之夕。芸再次以「非男子，不能往」而深感遺憾。三白教她學男子拱手作揖爲禮，大踏闊步走路，遍遊廟中，碰見熟人就介紹說是自己的表弟。只是，最後到一殿上：

> 有少婦幼女坐於所設寶座後，乃楊姓司事者之眷屬也。芸忽趨彼通款曲，身一側，而不覺一按少婦之肩。旁有婢嫗怒而起曰：「何物狂生，不法乃爾！」余欲爲措詞掩飾。芸見勢惡，即脫帽翹足示之曰：「我亦女子耳。」相與愕然，轉怒爲歡。（卷一〈閨房記樂〉）

芸娘這次充滿戲劇性和冒險性的夜遊，給生活中帶來了刺激，帶來了歡笑，也給日後留下了溫馨的回憶。與文學作品《鴛鴦夢》一劇相較，顯然清代眞實女子生活的「擬男」表現更邁前一步，但也可回看葉小紈所處的時代，「女扮男裝」仍舊存於文學想像的層面居多。

　　爲何葉小紈在《鴛鴦夢》劇中，是「以女作男」的呈現手法？或可另行考察葉家習之甚深的佛教因緣（詳後文）。在傳統佛教思想中，認爲女子因業障重，[註 13] 若要成佛必須先轉男身。例外的是《法華經》中，就有龍女即身成佛[註 14]的故事，因爲她是多生累劫修得的成果，乃特殊之例。而「轉

月，中央大學中文所博士論文。

〔註13〕「女子五障」的說法據《法華經》卷四載，舍利佛不知龍女是大乘根器，宿習緣因而得成佛，以爲例同報障女流，故說女有五障。然說此五障者，欲令女人知有此障，即當發菩提心，行大乘行，早求解脫。五障指：（一）不得作梵天王，梵天於因中修持善戒，得獲勝報而爲天王。若女人身器欲染，則不得作梵天王。（二）不得作帝釋，帝釋勇猛少欲，修持善戒，報爲天主。若女人雜惡多欲，則不得作帝釋。（三）不得作魔王，魔王於「因位」十善具足，尊敬三寶，孝奉二親，報生欲界他化自在天而作魔王。若女人輕慢嫉妒，不順正行，則不得作魔王。（四）不得作轉輪聖王，轉輪聖王於因中行十善道，慈愍眾生，報作輪王。若女人無有慈愍淨行，則不得作轉輪聖王。（五）不得作佛，如來行菩薩道，愍念一切，心無染著，乃得成佛。若女人之身口意業受情欲纏縛，則不得作佛。

〔註14〕指八歲之龍女由於受持《法華經》之功德而即身成佛。據《法華經》卷四《提

女成男」是轉女身成男子之意。與「變成男子」同義。因爲印度自古以女人
非法器，《中阿含》卷二十八《瞿曇彌經》爲始，繼之大、小乘諸經論多認爲
女人身有五障、三從之礙，若欲成佛，必要轉其身形。又，女人不能入諸佛
淨土，故阿彌陀佛及藥師佛均別立本願，要期轉女成男。依《無量壽經》卷
上載，若重障女人能稱名念佛，由彌陀本願力故，能得轉女成男之報益。蓋
古印度女性之地位低落，故有女人不能成佛之說。然此說與大乘佛教主張衆
生皆能成佛之教說相矛盾，故經中有變成男子之說。〔註15〕

　　是故，葉小紈可能在「女人往生」或「女人成佛」的佛學思考中，讓劇
中人物皆以男性士人出現。對於「姊妹相繼往生」的現實，葉小紈在劇中的
安排是合理的，佛教中指的是以女人之身往生淨土，或指女人轉男身成佛。
蓋因古印度女人地位甚低，不得成爲梵天王、帝釋、魔王、轉輪王、佛等五
者。惟女人有此五障，或淨土之中無女人等觀念，與大乘佛教所言衆生皆可
成佛之思想相矛盾，故佛典中乃有女人可變身成佛之說。〔註16〕在此，葉小
紈並非以打破「男尊女卑」作最大考量，「三仙子齊歸正道」，重列仙班，方
爲她的人生終極意義。

　　　婆達多品》載，龍女即娑竭羅龍王之女，年甫八歲，智慧猛利，諸佛所說甚
　　　深祕藏悉能受持，乃是刹那之頃，發菩提心，得不退轉。復以一寶珠獻佛，
　　　以此功德願力，忽轉女成男，具足菩薩行。刹那頃住於南方無垢世界，坐寶
　　　蓮華中，成正等覺，具足三十二相、八十種好，廣爲人天說法，娑婆世界之
　　　菩薩、聲聞、天龍八部、人、非人等皆遙見而歡喜敬禮。
　　　蓋古印度之女人地位甚低，小乘佛教認爲女身垢穢，不能成佛，此與大乘佛
　　　教所言衆生皆可成佛之思想衝突，故佛典中乃有女人可轉變爲男身成佛之
　　　說。「龍女成佛」之說明示大乘佛教在修行理論方面之發展。〔《須摩提菩薩
　　　經》、《海龍王經》卷三〈女寶錦受決品〉、《菩薩處胎經》卷七〈八賢聖齋品〉、
　　　《法華經玄義》卷五上、《法華經文句》卷八下〕
　〔註15〕《超日明三昧經》卷下、《藥師琉璃光如來本願功德經》、《法華經》卷六〈藥
　　　王菩薩本事品〉、《轉女身經》、《腹中女聽經》、《月上女經》、《瑜伽師地論》
　　　卷三十八〈菩提品〉、《大智度論》卷四、《無量壽經義疏》卷上。
　〔註16〕如阿闍世王之女阿術達發菩提願，轉女身得當來作佛之授記：羅閱祇國優迦
　　　長者之女須摩提，轉女身而爲沙彌，受成佛之記。法華經中亦有「龍女成佛」
　　　之記載。關於女人往生之說，於《無量壽經》中言及阿彌陀佛之第三十五願，
　　　即若女人聽聞彌陀名號而心生歡喜信受，並發願往生淨土者，則可轉爲男身，
　　　此爲救度女人之誓願，亦即女人往生之根據。《不空羂索神變真言經》卷三十
　　　亦有誦念真言，隨心供養承事，則比丘、比丘尼、族姓男、族姓女皆可往生
　　　西方淨土。又觀《無量壽經》即以韋提希夫人爲正機，開念佛往生道，〔《法
　　　華經》卷五、《無量壽經》卷上、《法華文句》卷二十三〕

四、《鴛鴦夢》的主題探討與讀者評價

與先秦以降的歷代文人相較，明清士子的性別意識確已有長足進步，但若據以檢驗評估《鴛鴦夢》劇中的性別意識，實在並不彰顯，正如華瑋在前文所言：「為男、為女在本劇中皆不及為仙重要」，〔註17〕筆者深以為然，故繼而探討本劇的三大主題：

（一）兄弟／姊妹情誼再現：劇名由來與沈君庸〈小序〉析論

劇名《鴛鴦夢》，指的是蕙百芳的夢中情景：蓮花池中一朵並蒂蓮，池畔有對鴛鴦嬉戲於蓮間，卻被一陣狂風吹折，驚起鴛鴦沖天飛去。由於「並蒂蓮」、「鴛鴦」都給讀者「夫妻」、「愛情」與「婚姻」的聯想，故而華瑋認為可從葉紈紈、葉小鸞兩人個別在現實婚姻中際遇來詮釋：葉紈紈度過了六年多不幸的婚姻生活，葉小鸞要結婚前去世，兩人在各自的生命中都只做了個短暫的「鴛鴦夢」，葉小紈藉此夢影射其姊妹之婚姻命運，並感嘆婚姻作為女子幸福歸宿的夢想易於幻滅。〔註18〕

劇本反映了美好的事物（並蒂蓮、鴛鴦）忽然被未知的命運（一陣狂風）所摧折，象徵人事的「無常」。雖然「鴛鴦」給讀者的第一意象是「婚姻」，但細看沈自徵（署於西元1636年崇禎丙子）的序：

> 《鴛鴦夢》，余甥蕙綢所作也。諸甥姬皆具逸才，謝庭詠絮，璧月聯輝，洵為盛矣。迨夫瓊摧昭折，人琴痛深，本蘇子卿「昔為鴛與鴦」之句。既已感悼在原，而瓊章殞珠，又當于飛之候，故寓言匹鳥，託情夢幻，良可悲哉！若夫詞曲一派，最盛于金元，未聞有擅能閨秀者。即國朝楊升庵，亦多諸劇，然其夫人第有〈黃鶯〉數闋，未見染指北詞。綢甥獨出俊才，補從來閨秀所未有，其意欲于無佛處稱尊耳。吾家詞隱先生為詞壇宗匠，其北詞亦未多概見。余伯道無兒，育瓊章為猶女，愛其絕世靈識，欲與較論宮商，揣桃花扇底之風，一證詞家三昧，傷辨弦往矣。今綢甥作，其俊語韻腳，不讓酸齋、夢符諸君，即其下里，尚猶是周憲王金梁橋下之聲，實可與語此道者，將以陰陽務頭，從來詞家所昧，行與商之。
>
> 　　蕙綢即詞隱先生孫婦。崇禎丙子秋日，舅氏沈君庸甫識。

「在原」典出《詩經‧小雅‧常棣》，指的是兄弟（姊妹）患難相共；「匹鳥」
典出《詩經‧小雅‧鴛鴦》，言其止則偶，飛則為雙，亦即此劇寫的就是姊妹
之間出雙入對、患難相共的手足之情，其方式是寓言、夢幻，寄託的就是一
份情意。檢視《文選》卷十五雜詩條，題〈詩四首錄之一‧蘇子卿〉云：

> 骨肉緣枝葉，結交亦相因。四海皆兄弟，誰為行路人？
> 況我連枝樹，與子同一身。昔為鴛與鴦，今為參與辰。
> 昔者常相近，邈若胡與秦。惟念當乖離，恩情日以新。
> 鹿鳴思野草，可以喻嘉賓。我有一尊酒，欲以贈遠人。
> 願子留酙酌，敍此平生親。

據說這是蘇武與兄弟離別之詩，殊不論其偽作與否，其云「昔為鴛與鴦，今
與參與辰」，很明顯的是《鴛鴦夢》取為劇名的由來，日本學者八木澤元因此
認定此劇表達的是作者對姊妹夭亡的悲歎，〔註 19〕筆者亦認為本劇乃小紈對
其姊妹雙逝之哀悼，字裡行間，可見姊妹情篤。

　　至於「鴛鴦」在文學典故中的意象，如何從「兄弟之情」到「姊妹之誼」
呢？事實上，魏晉時期，「鴛鴦」也曾用來比喻兄弟。曹植〔註 20〕在〈釋思賦〉
中曾說：「況同生之義絕，重背親而為疏。樂鴛鴦之同池，羨比翼之共林。」
這裡的「同生」，指的是曹植與曹丕之間的同胞關係，曹植由同胞關係的恩斷
義絕而聯想到鴛鴦和比翼鳥的親密無間。因此，「鴛鴦」的引申意，便與兄弟
／姊妹的手足關係有了某種連繫。

（二）才女的「自我追求」

　　葉小紈遭逢姊妹知音遽逝，劇內尋思姊妹之情與人生之夢，劇外或可再
思索婚姻與女子的終極意義。雖然劇中化身為男，但性別轉換或性別意識並
非她的關懷重點；至於強化「才女自我追求」或「性別差異」主題的劇作可

〔註 19〕〔日〕八木澤元，〈明代女流劇作家葉小紈〉，《東方學》，第 5 期（西元 1952
　　　　年），頁 95。
〔註 20〕〔魏〕曹植（西元 192～232 年），字子建，曹操第三子，沛郡譙（今安徽省
　　　　亳縣）人。封陳王，諡思，世稱陳思王。生於漢獻帝初平三年，卒於魏明帝
　　　　太和六年，年四十一。早年甚得曹操寵愛，本欲立為太子，然植任性而行，
　　　　不自雕勵，飲酒又不加節制，遂作罷。及曹丕、曹叡父子相繼為帝，曹植備
　　　　受猜忌限制，終鬱鬱不得志而死。其詩歌可以黃初元年（西元 220 年）曹丕
　　　　稱帝為界，黃初以前生活舒適，放蕩任性，詩歌取材不外憐風月，敍酣宴，
　　　　精工華麗，然感慨未深，殊乏風骨。曹丕稱帝以後，曹植悲慘失意，感慨既
　　　　深，往往自成佳構。作品見《曹子建集》。

參看：一、康熙年間張令儀重寫的黃崇嘏女扮男裝高中狀元的《乾坤圈》；二、乾隆年間王筠《繁華夢》、《全福記》；三、道光年間吳藻《喬影》、何佩珠《梨花夢》等。而本劇中懷才不遇之書生實可視爲葉小紈「才不適世」之歎。

蕙百芳於鳳凰臺上與初結拜的兄弟一同批判現實險惡，小人當道，有志之士毫無出身之路。如果聯繫明末皇帝昏庸、宦官專政以及正直官員士大夫慘遭打擊迫害的現實，這種抨擊時政、視事業功名爲洪水猛獸的心態，便具備一定的社會典型意義，如第一齣曲文所表達：

〔混江龍〕

村醪相奉，笑談今古月明中，只見那彩雲飛畫閣，清露滴芳叢。聲唧唧驚棲宿鳥，絮叨叨催織寒蛩。今夜連朋共友，對月臨風。哥哥、兄弟胡亂飲幾杯者。都是些山蔬野菜，那裏有炮鳳烹龍。只有那磁甌色淡，那裏討琥珀光紅。看扶疏桂影，寂寞秋容，露迷隄柳，霜剪江楓。猛然間愁懷頓起，酒興偏濃。哥哥，我想半生遭際眞堪歎也，抵多少賈誼遠竄，李廣難封。可憐英雄撥盡冷爐灰，休！休！男兒死守酸齏甕，枉相思，留名麟閣，飛步蟾宮。（昭云）男子漢豈不以功名爲念，夫致身天衢，而爭光日月，亦大丈夫所爲。怎奈豺狼當道，志士難施，不如埋蹤泉石之爲高也。兩賢弟以爲何如？（末）哥哥，只「功名」兩字，好是險也。你待要致身天衢，小弟舉幾箇古人比喻咱。

〔那吒令〕

你羨那上天的鄧通，須掙下打方圓的孔兄。（昭云）茫茫宇宙，豈少知音？（末）待覓知音的蔡邕，先做了爛尾額的爨桐。（瓊云）古人若終軍棄襦，寧無蚤發的也。（末）待學棄襦的幼童，只如今函谷關，將丸坭久封。（瓊云）哥哥，目今秋風桂子，正是鷦鷯高騫之日也。（末）只渭水波，秋風動，干夢斷了非熊。（瓊云）哥哥若論起世道，眞箇荊棘銅駝，煞多感慨也。

〔鵲踏枝〕

幾遍欲問蒼穹，未語價氣填胸。滿腹經綸，爭奈荊棘成叢。誰敢指北極半天�蝀，只落得灑西風兩袖龍鍾。（昭云）只蓋世裏「利名」兩字，乾老了多少人也。

才女往往命薄的苦況，是葉小紈從姊妹那裡或自己的人生中的體驗。不論是
她的現實經歷或是書本而來的閱讀體會，這種與「不遇之士」的認同，自然
就容易借用他們的「聲音」。客觀地看，劇中的書生生活及思想狀態惟妙惟肖，
生動逼眞，不同程度地融入她的父親〔註21〕及舅舅等人生活經歷及精神氣
質。這使得這齣劇作雖然名爲悼亡，而實際上卻超越了這一個創作出發點，
具有了更爲深廣的意義和社會價值。吳秀華、林岩在《楓冷亂紅凋——葉氏
三姊妹傳》一書中更指出：這也是《鴛鴦夢》雖遠涉瑤池仙子、林屋洞天，
卻仍然使人感到並不虛假、離奇，將人間生活與想像和傳說中的神仙世界結
合起來，因而使得這部作品充滿神奇的色彩。〔註22〕

（三）「人生如夢」度脫劇

徐扶明〈明清女劇作家和作品初探〉云：

> 出現在這些夢境中的女子，都是大顯身手，各展才能，寄托著作者
> 的美好願望。但是，其中也往往宣揚了「人生如夢」的思想。比如
> 葉小紈的《鴛鴦夢》結尾，蕙百芳看破世情，上終南山尋仙，經呂
> 洞賓指點，頓時醒悟到「人生聚散，榮枯得失，皆猶是夢。」

晚明江浙文士多崇奉三教合一，融合儒釋之風尤爲普遍，一般士子作文多喜
用佛語，葉氏母品亦不乏此類。證之以詩文，知其因實起於女子無法排遣傷

〔註21〕 葉紹袁（西元 1589～1648 年），字仲韶，號粟庵，又號天寮道人。江蘇吳江
人，工詩與散文，其父無祿早世，過嗣袁紳家爲後，故名紹袁。天啓元年（西
元 1621 年），科試二等第十八名，五年與袁儼同舉進士三甲，歷任南京武學
教授（西元 1627 年），北京工部虞衡司主事（西元 1628 年），又領江南催胖
衣差（西元 1630 年），簡管北京朝陽門城守（西元 1631 年）等官。外祖及兩
弟皆舉進士，三龍並耀，鄉里稱榮。葉家是書香門弟，紹袁自幼酷愛文學，
只是迫於母親慈命，不得不硬著頭皮去啃無味的八股，後來總算中了進士，
做了官，完成了光宗耀祖的使命後，就因厭倦政務，以母馮氏年高，辭官返
鄉。絕意仕進以後，不重榮利，益甘淡泊。妻女早逝，軍亂家破，貧病不支，
生活愈加艱難。弘光元年乙酉（西元 1645 年），清軍占據吳江，葉紹袁便於
八月二十五日率世侗、世官、世侕三子，棄家入杭州之皋亭山、剃髮隱遁爲
僧，自號粟桐流衲，又號木拂。《甲行日注》中又曾自署：桐游衲木拂、雨山
游衲木拂、一字浮衲木拂、茗香客衲木拂、松震巢衲木拂。所謂「流衲」、「游
衲」、「浮衲」等，無非表示他的飄泊無依。清順治五年卒於平湖孝廉馮兼山
之別墅耘廬，年六十歲。綜觀葉氏一生，仕途並不順遂，又逢國破，家亦凋
零。

〔註22〕 吳秀華、林岩的《楓冷亂紅凋——葉氏三姊妹傳》，石家莊：花山文藝出版社，
2000 年 1 月，頁 216。

感憂愁，轉而皈向空王的「依脫」心理。故沈自徵在〈鸝吹集序〉中引沈宜修語：

> 從夫既貴，兒女盈前，若言無福，似乎作踐。但日坐愁中，未知福
> 是何物。此生業重，惟有皈向空王，以銷之耳。〔註23〕

一行道人沈大榮在〈葉夫人遺集序〉中亦云：

> 居恆廣和篇章，閨範頓成學圃。精心禪悅，庭闈頗似蓮邦。〔註24〕

《列朝詩集小傳》中對葉紈紈的介紹，也提到：

> 昭齊皈心法門，日誦梵笑，精專自課。病亟，抗身危坐，念佛而逝。
> 〔註25〕

「此生業重」實因感「諸行皆苦」所致；「庭闈頗似蓮邦」說明了母女們共體禪悅的家庭氛圍。至於紈紈的「念佛而逝」，足見其最後之依託所在。所於《鴛鴦夢》劇中會有「人生如夢」之歎，大抵是受家庭風氣影響（「庭闈頗似蓮邦」），母親早「皈向空王」，父親自號「天寥道人」亦是一例，姊姊紈紈亦「皈心法門」，小紈展現的便是：「遂悟生死靡常，自爾逍遙雲水，訪道尋真。」（見《鴛鴦夢》第四齣），而同齣的〔紅繡鞋〕末（蕙百芳）唱：

> 只見那松擺列槎枒怪蟒，石縈旋薜荔菖陽。我這裏布袍常覺野花香。
> 愁的三生如夢杳，喜的是半世卻仙裝。呀！卻原來轉山崗，天浩蕩。

從自發的「三生如夢」之慨，到藉由呂洞賓之口點出「呵！偏你做的是夢，難道其餘多不夢哩。」再由蕙百芳自唱〔耍孩兒〕：

> 我心頭蕎地神清爽，喜今日相逢沆瀣。試看那青山依舊水洋洋，抵
> 多少上咸池曦髮朝陽。則我這野人自是疏狂態，道性常憎錦繡鄉。
> 得遂煙霞想，受過了些死生離別，始悟無常。

沈宛君、葉小紈母女，親睹家人一再遭受摧折，轉而捨卻。沈宜修〈哭長女昭齊〉其一末兩句，就云：

> 回首從前都是夢，劬勞恩怨等閑消。（《鸝吹集》，頁43）

此乃因「每感生離多慘切，豈能死別少酸辛」（〈哭長女昭齊〉，《鸝吹集》頁43），生活的慘切、辛酸，促使她們有「黃粱一枕何時覺，覺悟生前定有因」（《鸝吹集》，頁44）之感。

〔註23〕見《鸝吹集》沈自徵〈鸝吹集序〉，頁5。
〔註24〕見一行道人大榮〈葉夫人遺集序〉，收於《午夢堂集》，頁2。
〔註25〕見錢謙益《列朝詩集小傳》，頁755。

有此覺悟，故祈「憑仗如來施慧劍，情根斬斷赴慈航」（〈亡女瓊章週年〉其二，《鸝吹集》頁46），正因「江淹難寫千秋恨」，只好「唯叩華香向佛前」（同前，其四）。小紈《鴛鴦夢》亦透露了「諸行無常」的佛觀，其云：

〔鮑老兒〕

「從今後不戀繁華，不思富貴，不問年光，鎮日裡修身學道，經翻貝葉，爐蒸檀香。」

〔耍孩兒〕

受夠了些，死生離別，始悟無常。

而身爲一家之長的葉紹袁，《吳江縣志》本傳稱：「紹袁生有奇慧，博覽群書，兼通釋氏宗教之旨。」其自號「天寥」，據《自撰年譜》云：

夢在一小寺中，蘿徑幽僻，軒館甚小，有香火寥落，陂垣蔓草之感。古柏數株，清瘦如削，似夜雨曉霽，蒼翠猶濕。獨余步廊廡間，寂然無人，余恍然若有所悟，自念云：「吾前身名氏爲某，今在此爲僧……。」〔註26〕

妻宜修去世後，泐菴也曾寫信勸他「早學佛事」。〔註27〕順治二年（西元1645年），亦因家門屢遭不幸，又目睹山河破碎，堅決不肯事虜，覺世情塵絕都絕，乃削髮爲僧，遁入空門。對於這麼「具人生之眾美，極宇宙之奇哀」〔註28〕的一個家族，因緣際會之後，又將一切還諸天地，令人不勝歔歙。

綜觀葉氏一家的宗教信仰，就不難理解葉小紈在《鴛鴦夢》此劇的安排，否則便容易認爲此劇關目僅僅是：無聊的仙女下凡，歷經塵世，然後再經神仙點化，復昇仙界。也許本劇的情節安排、劇場結構並不推陳出新，但若了解本劇的寫作背景，實爲悼念懷舊，反可謂是家族集體治療哀思的書寫。

附帶一提的是，沈自徵序「寓言匹鳥，托情夢幻」是葉小紈創作動機所在，末了之徹悟，實乃透過夢幻之形式，寄託姊妹重聚之願望。這個創作模式，與湯顯祖所云「因情成夢，因夢成戲」有著若即若離的關係。

湯氏提出這個由情到夢，再由夢到戲的程式，其中情是動因，生出夢來，而在夢的展開中演化成戲，這是他在現實與想之間所搭起的一座橋梁，只有在夢中才能任情自由，起死回生。同樣的，葉小紈傷悼姊妹的亡逝，現實中

〔註26〕見《自撰年譜》，頁35。
〔註27〕同前註。
〔註28〕同註23。

根本無由挽回，只有到夢中去構築理想，「生者可以死，死可以生」，而且「夢中之情，何必非眞？」故沈君庸所云「托情夢幻」實一語道破小紈願望的夢境投射。

三大主題探討之後，繼之從「讀者評價」來考察《鴛鴦夢》曲文藝術：

（一）沈自徵評語

小紈《鴛鴦夢》是中國女性戲劇史上的首創，其舅更在序中大加讚譽：

> 今綢甥作，其俊語韻腳，不讓酸齋、夢符諸君，即其下里，尚猶是
> 周憲王金梁橋下之聲，實可與語此道者，將以陰陽務頭，從來詞家
> 所昧，行與商之。

「酸齋」即貫酸齋，元代散曲作家，字雲石，號酸齋。《樂郊私語》評其曲：「俊逸爲當行之冠，即歌聲高引，可徹雲漢。」而「夢符」是元代雜劇、散曲作家，字夢符，名吉。喬吉曲名甚高，尤以散曲與張可久並稱。朱權《太和正音譜》評其曲：「若天兵跨神鰲，噀沫于大洋，有波濤洶湧，截斷眾流之勢。」沈自徵將甥女葉小紈與元曲大家貫雲石、喬夢符相提並論，可見對小紈《鴛鴦夢》的推崇。而「周憲王」指明初劇作家朱有燉，號誠齋。爲朱元璋之孫，襲父周王封號，死後被追謚爲憲王，作品總稱《誠齋樂府》。小紈等而次之的作品，至少也有周憲王的水準。而「務頭」一詞從元人周德清《中原音韻‧作詞十法》以來，成爲戲劇批評中爭議最多的術語。今之學者李惠綿考求「務頭」的文字意義，可解爲「務力於首要之處」、「必作如此而不可更易」，原是創作北曲的一種方法。轉用於南曲以後，延伸出多方面指涉，其中之一就是用於品鑒作家、作品是否爲「當行本色」之關鎖。〔註29〕沈自徵在此敢拍胸脯保證自家甥女的作品具有一定水準，應非過情之論。名重一時的吳中沈氏、葉氏兩大文化家族的結合，這樣濃郁的文化氣氛、家學淵源，加上家門數喪，小紈取材自己家事，用情沉痛俳惻，自己亦化爲劇作重要的人物形象，顯示其獨創的意義。

（二）眉批十一條

據華瑋所言，〔註30〕有十一則批語附在劇本中，作者不知爲何人，內容

〔註29〕參見李惠綿，〈務頭論〉，《戲曲批評概念史考論》，臺北：里仁，2002 年 2 月，頁 11～77。

〔註30〕華瑋，〈鴛鴦夢〉之〔註1〕，參見《明清婦女戲曲集》，臺北：中研院文哲所，2003 年 7 月，頁 3。

如下：

1. 二詞蒼然，不減張小山「瑤天笙鶴」。）〔註31〕
2. 蒼蒼茫茫，絕非閨閣色調。〔註32〕
3. 俊哉詞也，絕是關漢卿喬夢符手筆。
4. 感慨淋漓，可愧鬚眉。韻腳蒼老當家。
5. 絕類東籬。

〔註31〕出現於楔子末段的批語一則：〔么篇〕喜的是兩兄呵，鶴背黃雲向天外逢，怕的是雁影紅林，可兀那別恨重，山水如有待，佳辰良在，茲覷了這臺四列玉芙蓉，小生蚤間得一夢，見奇花異鳥，醒而起遊，遂遇兩兄，良非偶也，莫認做仙源春夢。明日兩兄蚤來，期再續這武陵縱。（仝下）*1.二詞蒼然，不減張小山「瑤天笙鶴」。）*

〔註32〕出現於第一齣的批語六則：
〔混江龍〕村醪相奉，笑談今古月明中，只見那彩雲飛盡閣，清露滴芳叢。聲唧唧驚棲宿鳥，絮叨叨催織寒蛩。今夜連朋共友，對月臨風。哥哥、兄弟胡亂飲幾杯者。都是些山蔬野菜，那裏有炮鳳烹龍。只有那磁甌色淡，那裏討琥珀光紅。看扶疏桂影，寂寞秋容，露迷隄柳，霜剪江楓。猛然間愁懷頓起，酒興偏濃。哥哥，我想半生遭際真堪歎也，抵多少賈誼遠竄，李廣難封。可憐英雄撥盡冷爐灰，休！休！男兒死守酸齏甕，枉相思，留名麟閣，飛步蟾宮。*2.蒼蒼茫茫，絕非閨閣色調。*

〔油胡蘆〕此時呵，少婦紅樓午夜空，伴嫦娥愁萬重；天涯遊子未歸驄，怨殺那啼螿四壁聲相哄，便金樽傾倒和誰共。靜悄悄倚欄干聽暮鐘，冷清清對銀缸形影弄。霎時間一片砧聲動，準備著修尺素待征鴻。*3.俊哉詞也，絕是關漢卿、喬夢符手筆。*

〔那吒令〕你羨那上天的鄧通，須掙下打方圓的孔兄。（昭云）茫茫宇宙，豈少知音？（末）待覓知音的蔡邕，先做了爛尾頷的爨桐。（瓊云）古人若終軍棄襦，寧無蚤發的也。（末）待學棄襦的幼童，只如今函谷關，將丸坭久封。（瓊云）哥哥，目今秋風桂子，正是鵬鶚高騫之日也。（末）只渭水波，秋風動，干夢斷了非熊。*4.感慨淋漓，可愧鬚眉。韻腳蒼老當家。*

〔後庭花〕喜青山處處逢，望丹崖，倚瘦筇。慣尋他西嶺呼猿洞，誰待聽東華朝馬鐘。每日價送孤鴻，琴心三弄。有時節泛扁舟訪釣翁，上危樓眺遠峰，和新詩寄碧筩，懶抬頭中酒慵。看今日秋，瞥眼冬，兀良吳江上弔落楓，又早灞陵橋梅雪濃。*5.絕類東籬。*

〔柳葉兒〕歎人生，似醯雞舞甕，看光陰，似墜露飛蓬。向史書上打算生涯冗。（瓊云）看來人生窮通富貴，皆繇時也。命也。（末）一箇咽李的悲陳仲，一箇鑽核的笑王戎。（瓊云）古人云：使我有身後名，不如生前一杯酒。（末）算不如美酒千鍾。*6.韻腳天然。*

〔煞尾〕交情比管鮑深，高讓與夷齊共。再不去涉紅塵怖恐。今日高臺上說盡興亡落日擁，抵多少邗前朝晉代吳宮。問天公搔首青空，我三人呵，誰讓當年白也風，看衝星劍雄，叫雲笛弄，聽一聲長嘯五湖東。（仝下）*7.詞家重豹頭、鳳尾，〔煞〕調洵能俊矣。*

6. 韻腳天然。

7. 詞家重豹頭、鳳尾，〔煞〕調泃能俊矣。

8. 俊句。〔註33〕

9. 三峽啼猿，聲聲腸斷。〔註34〕

10. 傷哉志也，似孤雁鳴空，不堪嘹嚦。

11. 語俊甚。〔註35〕

　　此十一條眉批雖不知出於何人之手，但與沈自徵評語相較，顯然2.3.4.6.7.8.11.化自沈氏之序，至於其他諸條，不外乎作品風格的「蒼然」、「蒼蒼茫茫」、「蒼老當家」，以及「感慨淋漓」、「聲聲斷腸」、「傷哉志也」指的是內容引起的美學感受，提到張可久、馬致遠多與出塵之思有關。結構上則有「豹頭」、「鳳尾」之讚，即指開頭有力，結尾漂亮，即「俊也」。這個評語乃改自喬吉「鳳頭、豬肚、豹尾」之說，這評語之靈感似亦可來自沈自徵的序文。

　　（三）吳梅《中國戲曲概論》卷中，頁16云：

　　　　葉小紈《鴛鴦夢》，寄情棣萼，詞亦楚楚。

　　　　惟筆力略孱弱，一望而知女子翰墨，第頗工雅。

　　（四）蔣瑞藻《小說考證》續編卷三〈鴛鴦夢第三十二〉條引《花朝生筆記》云：

　　　　其姊小紈（蕙綢）傷之，作《鴛鴦夢》雜劇以寄意。託爲神仙家言，殊清警拔俗。惟於北詞格調，不甚相合耳。〔註36〕

但就其創作量而論，其實可以如此評斷：葉小紈意不在女性創作雜劇之風，

〔註33〕出現於第二齣的批語一則：
　　　　〔正宮・端正好〕憶當年三更後，涼風細金粟香浮，滿簾花影明如畫。*8. 俊句。*

〔註34〕出現於第三齣的批語兩則：
　　　　〔七弟兄〕想著你春朝引醪，想著你秋雨話連宵，讀書時，並桌將燈照。常時千古共相嘲，從今一往誰同調。*9. 三峽啼猿，聲聲腸斷。*
　　　　〔收尾〕哥哥兄弟你原來要辭苦海離塵早，一靈已往蓬萊島。這的是生生死死還同調，俺可也石上相逢應不杳。*10. 傷哉志也，似孤雁鳴空，不堪嘹嚦。*

〔註35〕出現於第四齣的批評一則：
　　　　〔紅繡鞋〕只見那松擺列槎枒怪蟒，石縈旋薛荔菖陽。我這裏布袍常覺野花香。愁的三生如夢杳，喜的是半世卻仙裝。呀！卻原來轉山崗，天浩蕩。*11. 語俊甚。*

〔註36〕蔣瑞藻編、江竹盧標校，《小說考證》續編卷三，〈鴛鴦夢第三十二〉，上海：上海古籍出版社，1984年7月1版1刷，頁518。

而是「寄情棣萼」。〔註37〕至於其「筆力孱弱」，純是吳氏男性觀點下的評論。
今之學者曾永義先生解釋道：

> 楚楚工雅誠然是小紈文字的風格，但「筆力略孱弱，一望而知女子
> 翰墨。」恐是瞿庵先生先入為主的觀感。因為明人北曲，除周憲王、
> 對山、文長、海浮、君庸外，很少不是孱弱庸俗的。女子之詞而有
> 小紈的筆力，已算得頗具風骨了。〔註38〕

除此之外，筆者以為蔣氏會認為本劇與北詞格調不合，可能與傳統對曲的認
識有關，魏良輔曾云：

> 北曲與南曲，大相懸絕，有磨調、絃索調之分。北曲字多而調促，
> 促處見筋，故詞情多而聲情少；南曲字少而調緩，緩處見眼。故詞
> 情少而聲情多。北力在絃索，宜和歌，故氣易粗；南力在磨調，宜
> 獨奏，故氣易弱。〔註39〕

雖然《鴛鴦夢》屬北曲而非南曲，然有明一代，北曲實已不復慷慨激昂，顯
見是受南曲的影響所致。而這裏的「南氣」、「北氣」，在明代而言，恐怕要從
地域風土來講，而非體製、曲情了。至於「筆頗工雅」、「清警拔俗」，實屬形
式、風格之美，如果有所謂相當於「詩心」的「劇心」，那麼這些都是外在的
評價，皆未觸及女性內心的世界及其願望的投射，足見傳統對戲曲的批評，
很多文人仍停留在外在或印象式的評價。

五、小結：《鴛鴦夢》在戲劇史上的地位

自古女性劇作家極少，所以沈自徵在《鴛鴦夢》序中強調：「詞曲一派，
最盛於金元，未聞有擅能閨秀者。」又說「綢甥獨出俊才，補從來閨秀所未
有。」而清初婦女文學權威王士祿在《然脂集例》中亦云：「閨秀擅此技者亦
少，惟葉蕙綢《鴛鴦夢》劇頗有可觀。」今之學者王永寬評論「王筠創作《繁
華夢》，大概是受到葉小紈和廖燕的影響，也以自身充當劇中主角」，且曰：「《繁
華夢》中，作者化名登場、自抒胸臆的寫法反映了明末以來戲曲作家在創作

〔註37〕可參第三齣曲文：
〔水仙子〕我三人呵似連枝花萼照春朝，怎知一夜西風葉盡凋。容才卻恨乾
坤小，想著坐花陰命濁醪。教我鳳凰臺上空憶吹簫，只期牙盡去知音少。從
今後淒斷廣陵散，難將絕調操，只索將鶴煮琴燒。
〔註38〕曾永義，《明雜劇概論》，臺北：學海出版社，1979年4月，頁302。
〔註39〕魏良輔，《曲律》。

時自我意識強化這一普遍現象，明末女作家葉小紈的《鴛鴦夢》首開其端。」〔註40〕

　　更拜葉紹袁傾力出版《午夢堂集》之功，《鴛鴦夢》一劇能夠完整保存，這也使得《鴛鴦夢》在明清婦女戲劇史上的呈現雙重代表性：一、現存唯一一部完整的明代婦女劇作；二、與吳藻《喬影》構成明清婦女雜劇雙璧，〔註41〕由此可見此劇在明清婦女戲曲史上的重要意義。

　　《鴛鴦夢》雜劇突破了傳統重在歷史事件和神話故事中選取素材的俗套，將女性作者的細膩目光專注於周遭現實生活中的人和事，在劇情布局構思方面，雖因劇中有西王母、呂洞賓的出現，難免有傳統度脫劇之聯想，但「文琴、茝香、飛玖等輩的前因後果，卻難以在傳說中找到源頭，當為作者自創」，〔註42〕亦可見其豐富想像力。

　　此劇雖由女性葉小紈來述說傳統男性書生之不遇，實則為典型的「女性書寫」，具有女性觀點——刻畫家族姊妹間的女性情誼。雖然不以現今抗議父權的女性主義意識型態為主要訴求，但卻可從「療癒」角度來觀看葉小紈（葉氏母女、葉氏家族）透過宗教儀式與文學創作來自我療傷、自我恢復，就「女性療傷」的文類而言，《鴛鴦夢》有其不凡的意義。

〔註40〕王永寬，〈王筠〉，《中國古代戲曲家評傳》，河南：中州古籍出版社，1992 年 7 月，頁 654。

〔註41〕華瑋，〈前言〉，《明清婦女戲曲集》，臺北：中研院文哲所，2003 年 7 月，頁 8。

〔註42〕徐子方，《明雜劇史》，北京：中華書局，2003 年 8 月，頁 355。

參考書目

(以出版時間先後排序)

一、版　本

1. 《午夢堂詩文十種》十五卷三冊，葉紹袁編，明崇禎間刊本，現存國家圖書館善本書室。

2. 《午夢堂詩文十種》十四卷六冊，葉紹袁編，明崇禎間刊本，現存國家圖書館善本書室。

3. 《午夢堂詩文》存七種九卷四冊，葉紹袁編，明崇禎間刊本，現存國家圖書館善本書室。

4. 《午夢堂集八種》，葉紹袁編，清乾隆二十三年葉衛藏板，現存臺大文學院聯合圖書館。

5. 《午夢堂集六種》，葉紹袁編，清刊本，現存中央研究院傅斯年圖書館。

6. 《午夢堂詩文》存七種九卷六冊，葉紹袁編，明崇禎間刊本，清代印本，現存國家圖書館善本書室。

7. 《午夢堂全集十二種》，葉紹袁編，葉德輝輯，現存中央研究院傅斯年圖書館。

8. 《葉天寥年譜》，葉紹袁（《自撰年譜》一卷、《續譜》一卷、《別記》一卷、《甲行日注》八卷），〔清〕吳興劉氏嘉業堂刊行，冊71～73。（上海雜誌公司刊行的鉛印本則題爲《葉天寥四種》。）

9. 《甲行日注（外三種）》（畢敏點校），葉紹袁，湖南：岳麓書社，1986年10月1版1刷。

10. 《甲行日注》八卷，葉紹袁，收於《明清史料彙編》，冊22。

11. 《窈聞》二卷，葉紹袁，收於《郋園全書》，冊158，《午夢堂全集》之五。

12. 《窈聞》二卷，葉紹袁，收於《硯園集錄》，冊4。

13. 《秦齋怨》一卷，葉紹袁，收於《郋園全書》，冊160，《午夢堂全集》之八。

14. 《彤奩續些》二卷，葉紹袁，收於《郋園全書》，冊161，《午夢堂全集》之十。

15. 《彤奩續些》二卷，葉紹袁，收於《硯園集錄》，冊3。

16. 《瓊花鏡》一卷，葉紹袁，收於《郋園全書》，冊162，《午夢堂全集》之十二。

17. 《鸝吹集》二卷，沈宜修，收於《郋園全書》，冊153～154，《午夢堂全集》之一。

18. 《梅花詩》一卷，沈宜修、葉紹袁，收於《郋園全書》，冊154，《午夢堂全集》之一。

19. 《伊人思》，沈宜修輯，收於《郋園全書》，冊159，《午夢堂全集》之六。

20. 《愁言》一卷，葉紈紈，收於《郋園全書》，冊155，《午夢堂全集》之二。

21. 《愁言》一卷，葉紈紈，收於《硯園集錄》，冊4。

22. 《鴛鴦夢》一卷，葉小紈，收於《郋園全書》，冊157，《午夢堂全集》之四。

23. 《鴛鴦夢》一卷，葉小紈，收於《硯園集錄》，冊4。

24. 《返生香》一卷，葉小鸞，收於《郋園全書》，冊156，《午夢堂全集》之三。

25. 《疏香閣詞》一卷，葉小鸞，收於《小檀欒室彙刻閨秀詞》，冊20。

26. 《豔體連珠》一卷，葉小鸞，收於《筆記小說大觀》第五編第5冊。

27. 《豔體連珠》一卷，葉小鸞，收於《香豔叢書》第一輯第3冊，頁4～6。

28. 《豔體連珠》一卷，葉小鸞，收於《檀几叢書》二集卷三十六。

29. 《百旻遺草》一卷，葉世侗，收於《郋園全書》，冊159，《午夢堂全集》之七。

30. 《屺雁哀》一卷，葉世佺、葉小紈等，收於《郋園全書》，冊160，《午夢堂全集》之九。

31. 《靈護集》一卷，葉世偁，收於《郋園全書》，冊162，《午夢堂全集》之十一。

32. 《巳畦文集》二十二卷，葉燮，收於《郋園全書》，冊163～170。

33. 《巳畦詩集》十卷，葉燮，收於《郋園全書》，冊171～174。

34. 《巳畦原稿》，葉燮，收於《郋園全書》，冊175。

35. 《巳畦殘餘稿》，葉燮，收於《郋園全書》，冊175。

36. 《巳畦集》，葉燮（詩八卷、殘餘一卷、文集二十二卷、原詩四卷），臺大

研究生圖書館及中央研究院傅斯年圖書館皆藏。

37. 《已哇瑣語》，葉燮，收於《昭代叢書》戊集補第 68 冊。

38. 《午夢堂全集》，葉紹袁編，收於《中國文學珍本叢書》第 1 輯第 49 種，貝葉山房排印本，上海：上海雜誌公司，1936 年 10 月初版。

39. 《午夢堂集》，冀勤點校，北京：中華書局，1998 年。

二、女性史、女性文學史

1. 《中國婦女生活史》，陳東原，上海：上海文藝出版社，1990 年 6 月，據上海商務印書館 1928 年 1 月初版之書影印。

2. 《中國婦女文學史話》，蘇之德，香港：上海書局，1963 年 11 月初版。

3. 《中國婦女與文學》，陶秋英，臺中：藍燈出版社，1975 年 1 月。

4. 《中國女性的文學生活》，譚正璧，臺北：河洛圖書出版社，1977 年 4 月臺影印初版。

5. 《清代婦女文學史》，梁乙眞編，臺北：中華書局，1979 年 2 月臺 3 版。

6. 《中國婦女文學史》，謝無量，臺北：中華書局，1979 年 8 月臺 2 版。

7. 《中國女性史》，〔日〕山川麗著，高大倫、范勇譯，西安：三秦出版社，1987 年 7 月 1 版 1 刷。

8. 《中國婦女史論集》，鮑家麟編著，臺北：稻鄉出版社，1988 年再版。

9. 《中國婦女學》，李敏、王福康，江西：江西人民出版社，1989 年 6 月 1 版 1 刷。

10. 《中國婦女文學史綱》，梁乙眞，上海：上海書店，1990 年 12 月 1 版 1 刷，本書據開明書店 1932 年版影印。

11. 《中國古代婦女史》，劉士聖，山東：青島出版社，1991 年 6 月 1 版 1 刷。

12. 《女性文學與文學女性》，曹正文，上海：上海書店，1991 年 1 版 1 刷。

13. 《中國婦女史論集續集》，鮑家麟編著，臺北：稻鄉出版社，1991 年初版。

14. 《中國歷代名女人評傳》第四冊，戚宜君，臺北：黎明文化事業股份有限公司，1992 年 5 月初版，頁 205～210。

15. 《中國婦女史論集三集》，鮑家麟編著，臺北：稻鄉出版社，1992 年初版。

16. 《古今閨媛逸事》，佚名編，北京：燕山出版社，1992 年 10 月 1 版 11 月 1 刷。

17. 《夢斷秦樓月》，曹淑娟編著，臺北：月房子出版社，1994 年 1 月初版。

三、專書論著

1. 《紅樓夢新證》，周汝昌，北京：人民文學出版社，1976 年 1 版 1 刷，頁

328～339。

2. 《明代劇作家研究》，〔日〕八木澤元，臺北：中新書局有限公司，1977年4月初版。

3. 《楚辭論文集》，游國恩，臺北：九思出版社，1977年11月10日臺1版。

4. 《葉燮與原詩》，蔣凡，上海：上海古籍出版社，1978年9月1版1刷。

5. 《明雜劇概論》，曾永義，臺北：學海出版社，1979年4月，頁299～303。

6. 《說俗文學》，曾永義，臺北：聯經出版事業公司，1980年4月初版。

7. 《西諦書話》，鄭振鐸，北京：三聯書店，1983年10月1版1刷，頁297～298。

8. 《中國小說美學》，葉朗，北京：北京大學出版社，1985年1版2刷。

9. 《清代詩學初探》修訂本，吳宏一，臺北：學生書局，1986年1月修訂再版。

10. 《中國才女》，周宗盛，臺北：水牛出版社，1986年7月3版。

11. 《性靈之聲‧明清小品》，陳師萬益，臺北：時報文化出版公司，1987年1月15日初版。

12. 《晚明思潮與社會變動》，淡大中文系編，臺北：弘化文化公司，1987年12月。

13. 《晚明小品與明季文人生活》，陳師萬益，臺北：大安出版社，1988年5月。

14. 《晚明性靈小品研究》，曹淑娟，臺北：文津出版社，1988年7月。

15. 《詩歌與意象》，陳植鍔，中國社會科學出版社，1990年8月1版1刷。

16. 《風騷與豔情──中國古代詩詞的女性研究》，康正果，臺北：雲龍出版社，1991年2月臺1版。

17. 《古今哀祭文賞析》，王毅、曹天喜編，北京：新華出版社，1991年6月1版1刷。

18. 《女性與閱讀期待》，王緋，陝西：人民教育出版社，1991年6月1版1刷。

19. 《陳子龍柳如是詩詞情緣》，孫康宜著，李奭學譯，臺北：允晨文化實業股份有限公司，1992年2月初版。

20. 《中國古代夢幻》，吳康，湖南：湖南文藝出版社，1992年6月1版1刷。

21. 《中國江浙地區十四世紀社會意識與文學》，陳建華，上海：學林出版社，1992年6月1版1刷。

22. 《詞林探勝──其人、其事、其詞》，周宗盛，臺北：水牛出版社，1992年11月2版2刷。

23. 《中國夢文化史》（先秦兩漢部分），傅正谷，北京：光明日報出版社，1993

年 5 月 1 版 1 刷。

24. 《中國歷代文學家之地理分布》，曾大興，湖北：湖北教育出版社，1995
年 10 月 1 版 1 刷。

四、總集、文集、詩集、詞集、曲集、文選、詩選、詞選

1. 《詩女史》，田藝衡編，明嘉靖二十六年刊本，臺北：國家圖書館藏。

2. 《名媛詩歸》，鍾惺編（？），明末景陵鍾氏刊本，臺北：國家圖書館藏。

3. 《名媛彙詩》，鄭文昂編，明泰昌元年刊本，臺北：國家圖書館藏。

4. 《名媛詩緯初編》，王端淑評選，清康熙間清音堂刊本，臺北：國家圖書館。

5. 《疢齋雜劇‧午夢堂葉女歸魂》，冒廣生，《小三吾亭外集》刊本，中央大學戲曲研究室藏，1962 年。

6. 《明詞綜》，王昶纂，臺北：商務印書館，1968 年 9 月臺一版，收於《國學基本叢書四百種》。

7. 《明詩紀事》，陳田輯，臺北：鼎文書局，1971 年。

8. 《三沈年譜》（附於鄭騫《紅蕖記、南詞韻選》之後），凌景埏，臺北：北海出版社，1971 年 3 月初版。

9. 《牡丹亭》，湯顯祖著，徐朔方、楊笑梅校注，香港：中華書局香港分局，1976 年 5 月港 1 版，1978 年重印。

10. 《楚辭補註》，洪興祖補注，臺北：藝文印書館，1986 年 12 月七版。

11. 《古本董解元西廂記》，董解元，上海：上海古籍出版社，1984 年 2 月 1 版 1 刷。

12. 《白居易集》，白居易著，顧學頡校點，北京：中華書局，1985 年 10 月 1 版 2 刷。

13. 《清代閨閣詩人徵略》，施淑儀輯，上海：上海書店，1987 年 5 月 1 版 1 刷。

14. 《古代散文鑒賞辭典》，王彬主編，北京：農村讀物出版社，1987 年 12 月 1 版 1 刷。

15. 《金元明清詞鑒賞詞典》，唐圭璋主編，江蘇：江蘇古籍出版社，1989 年 5 月 1 版 1 刷。

16. 《中國歷代詠花詩詞鑒賞詞典》，孫映逵主編，江蘇：江蘇科學技術出版社，1989 年 5 月 1 版 1 刷。

17. 《中國歷代詩歌名篇鑒賞詞典》，余長江、侯建主編，北京：農村讀物出版社，1989 年 12 月 1 版 1 刷。

18. 《粲花齋五種》，吳炳，江蘇：江蘇廣陵古籍刻印社，1990 年 10 月 1 版 1

刷。

19. 《中國詩歌大辭典·四·女詩人詩集卷》，侯建主編，北京：作家出版社，1990 年 12 月 1 版 1 刷。

20. 《中國歷代才女詩歌鑒賞辭典》，鄭光儀主編，北京：中國工人出版社，1991 年 6 月 1 版 1 刷。

21. 《閨秀詞三百首》，龔學文編注，廣西：漓江出版社，1996 年 6 月 1 版 1 刷。

五、詩話、詞話、曲話、筆記、子書

1. 《百種詩話類編》，臺靜農編，臺北：藝文印書館，1974 年 5 月初版。

2. 《東軒筆錄》，魏泰，收於《筆記小說大觀》第二十八編·冊 1，臺北：新興書局，1977 年編印。

3. 《關尹子》，尹喜（舊題），收於《中國子學名著集成》之 63 珍本初編·道家子部《關尹子評註》，臺北：中國子學名著集成編印基金會，1978 年 12 月初版。

4. 《人間詞話》，王國維著，徐調孚校注，臺北：漢京文化事業公司，1980 年初版。

5. 《曲律》，魏良輔，收於《中國古典戲曲論著集成·五》，北京：中國戲劇出版社，1959 年 7 月 1 版，1982 年 11 月 4 刷。

6. 《藤花亭曲話》，梁廷枏，收於《中國古典戲曲論著集成·八》，北京：中國戲劇出版社，1959 年 7 月 1 版，1982 年 11 月 4 刷。

7. 《今樂考證·國朝雜劇條》，姚燮，收於《中國古典戲曲論著集成·十》，北京：中國戲劇出版社，1959 年 7 月 1 版，1982 年 11 月 4 刷。

8. 《白雨齋詞話足本校注》，陳廷焯著，屈興國校注，濟南：齊魯書社，1983 年 11 月 1 版 1 刷。

9. 《歷代詩話》，〔清〕何文煥輯，臺北：漢京文化事業有限公司，1983 年 1 月 1 日初版。

10. 《小說考證》續編卷三，〈鴛鴦夢第三十二〉，蔣瑞藻編·江竹盧標校，上海：上海古籍出版社，1984 年 7 月 1 版 1 刷。

11. 《詞苑叢談》，徐釚，臺北：仁愛書局，1985 年 3 月。

六、史籍、傳記、索引、方志

1. 《吳江縣志》，據〔清〕陳荀纕等修，倪師孟等纂，清乾隆十二年修，收於《中國方志叢書·華中地·第一六三號》，臺北：成文出版社，石印重印本。

2. 《觚賸正續集》，鈕琇，上海：大達圖書供社，1935 年 1 月再版。

3. 《啓禎野乘》，鄒漪，收於《明清史料彙編》沈雲龍選輯，臺北：文海出版社，1936 年 12 月故宮博物院圖書館校印。

4. 《中國文學家大辭典》，譚正璧編，臺北：世界書局，1962 年 11 月初版。

5. 《歷代名人年里碑傳總表》，姜亮夫，臺北：商務印書館，1965 年 4 月。

6. 《明清歷科進士題名碑碌》，臺北：華文書局，1969 年 12 月初版。

7. 《古代日記選注》，陳左高選注，上海：上海古籍出版社，1982 年 4 月 1 版 1 刷。

8. 《明清進士題名碑錄索引》，臺北：文史哲出版社，1982 年 7 月初版。

9. 《列朝詩集小傳》，錢謙益著，錢陸燦輯，上海：上海古籍出版社，1983 年 10 月新 1 版 1 刷。

10. 《中國歷代才女小傳》，江民繁、王瑞芳，浙江：浙江文藝出版社，1984 年。

11. 《中國歷代著名文學家評傳‧續編二》，呂慧鵑、劉波、盧達編，山東：山東教育出版社，1985 年 4 月 1 版 1 刷。

12. 《歷代婦女著作考》（增訂本），胡文楷編著，上海：上海古籍出版社，1985 年 7 月新 1 版 1 刷。

13. 《古今著名婦女人物》，英文《中國婦女》編著，河北：河北人民出版社，1986 年 10 月 1 版 1 刷。

14. 《方志著錄元明清曲家傳略》，趙景深、張增元編，北京：中華書局，1987 年 2 月 1 版 1 刷。

15. 《四十七種宋代傳記綜合引得、遼金元傳記三十種綜合引得、八十九種明代傳記綜合引得、三十三種清代傳記綜合引得》，洪業等編纂，上海：上海古籍出版社，1988 年 2 月 1 版 2 刷。

16. 《史記注釋》，王利器主編，西安：三秦出版社，1988 年 11 月 1 版 1 刷。

17. 《明清江蘇文人年表》，張慧劍，上海：上海古籍出版社，1988 年 12 月 1 版 1 刷。

18. 《十大才女》，陳邦炎主編，上海：上海古籍出版社，1991 年 10 月 1 版 1 刷。

七、單篇論著

1. 〈冷月葬花魂〉，滕薖苑，《文史哲》，1979 年第 2 期，頁 69～70。

2. 〈我國歷史上第一個女劇作家葉小紈〉，《江蘇戲劇》，1983 年第 6 期，頁 63。

3. 〈明代的文人集團〉，郭紹虞，《照隅室古典文學論著》，臺北：丹青圖書

有限公司，1985 年 10 月，臺一版，頁 342～434。

4. 〈三百年中的女作家〉，胡適，《胡適作品集》第 14 冊，臺北：遠流出版公司，1986 年 3 月新一版，頁 159～168。

5. 〈荒野中的女性主義批評〉，伊蘭・修華特（Elaine Showalter）著，張小虹譯，《中外文學》第 10 卷・第 14 期，1986 年 3 月，頁 77～114。

6. 〈明清女劇作家和作品初探〉，徐扶明，《元明清戲曲探索》，浙江：浙江古籍出版社，1986 年 7 月，1 版 1 刷，頁 265～280。

7. 〈清初四朝女性才命觀管窺〉，劉詠聰，《明清史集刊》第 2 卷，1986～1988 年，頁 63～94。

8. 〈紅海微瀾錄〉，周汝昌，《紅樓夢研究集刊》第 1 輯，頁 371～378。

9. 〈晚明文學革新思潮初探〉，潘琪，《鄂西大學學報・社科版》，1987 年 1 月，頁 55～59。

10. 〈晚明的詩壇風氣〉，吳宏一，《國文天地》第 20 期，1987 年 1 月。

11. 〈略論中國古代女作家〉，蘇者聰，《武漢大學學報・社科版》，1987 年 6 月，頁 99～107。

12. 〈中國古代女性文學創作的文化反思〉，喬以綱，《天津社會科學》，1988 年第 1 期，頁 72～75。

13. 〈明代社會風氣的變遷——以江、浙地區爲例〉，徐泓，《中央研究院第二屆國際漢學會議論文集・明清與近代史組》，1989 年 6 月，頁 137～159。

14. 〈葉小鸞眉子硯流傳小考〉，王稼冬，《朵雲》，1990 年第 1 期，頁 139～141。

15. 〈古代婦女作品整理、研究的新收穫——評蘇者聰《中國歷代婦女作品選注》〉，《武漢大學學報・社科版》，1990 年第 4 期，頁 127～129。

16. 〈中西悼亡詩〉，楊周翰，《鏡子和七巧板》，北京：中國社會科學出版社，1990 年，頁 155～168。

17. 〈葉氏一家及其《午夢堂集》的流傳〉，冀勤，《文獻》，1990 年第 3 期，頁 256～261。

18. 〈詠花詩八論〉，衣殿臣，《黑龍江教育學院學報》，1991 年 2 月，頁 79～86。

19. 〈生死謬悠——試論晚明思潮的萎縮〉，周毅，《上海文論》，1991 年 6 月，頁 35～41。

20. 〈中國古代婦女文學的感傷傳統〉，喬以綱，《文學遺產》，1991 年第 4 期，頁 16～23。

21. 〈明清婦女研究——評介最近有關之英文著作〉，Paul Ropp，梁其姿譯，《新史學》第 2 卷第 4 期，1991 年 12 月，頁 77～116。

22. 〈明清吳江沈氏文學世家略編〉，李眞瑜，《文學遺產》，1992 年第 2 期，頁 70～79。

23. 〈論詞學中之困惑與《花間》詞之女性敘寫及其影響〉上，葉嘉瑩，《中外文學》，第 20 卷‧第 8 期，1992 年 1 月，頁 4～31。

24. 〈論詞學中之困惑與《花間》詞之女性敘寫及其影響〉下，葉嘉瑩，《中外文學》，，第 20 卷‧第 9 期，1992 年 2 月，頁 4～30。

25. 〈明清詩媛與女子才德觀〉，孫康宜著，李奭學譯，《中外文學》第 21 卷第 11 期，1993 年 4 月，頁 52～81。

26. 〈關於葉紹袁家世資料的幾點補正〉，鄧長風，《文獻》，1993 年第 3 期，頁 232～246。

27. 〈關於《午夢堂集》及其佚文〉，冀勤，《文獻》，1993 年第 3 期，頁 280～287。

28. 〈柳是與徐燦——陰性風格或女性意識？〉，孫康宜，《中外文學》，第 22 卷‧第 6 期，1993 年 11 月，頁 8～25。（按：柳是即柳如是，「如是」爲其自號）

29. 〈十七世紀中國才女的書信世界〉，魏愛蓮作，劉裘蒂譯，《中外文學》，第 22 卷‧第 6 期，1993 年 11 月，頁 55～81。

30. 〈重新認識明清才女〉，康正果，《中外文學》第 22 卷‧第 6 期，1993 年 11 月，頁 121～131。

八、學位論文

1. 《明人詩社之研究》，黃志明，政治大學中文研究所碩士論文，1972 年。

2. 《清代女詩人研究》，鍾慧玲，政治大學中文研究所博士論文，1981 年。

九、書　目

1. 《彙刻書目初編》，陳光照增輯，光緒元年（西元 1875 年）重印本。

2. 《續彙刻書目》，羅振玉，連平范氏雙魚堂刊本，1914 年。

3. 《彙刻書目初編》，周毓邠，《彙刻書目初編》，上海：千頃堂書局石印本，1919 年。

4. 《叢書書目彙編》，沈乾一，上海：醫學書局排印本，1928 年。

5. 《劫中得書記》，鄭振鐸，1956 年排印本。

6. 《上海圖書館善本書目》，上海圖書館善本部編，1957 年排印本。

7. 《北京圖書館善本書目》，北京圖書館善本部編，北京：中華書局，1959 年 9 月 1 版 1 刷，目八，頁 27。

8. 《中國善本書目提要》，王重民，臺北：中華書局，1960 年 10 月。

9. 《續修四庫全書總目提要》，王雲五主編，臺北：商務印書館，1971 年初版。

10. 《臺灣公藏善本書目書名索引》，國家圖書館特藏組編，1971 年 6 月版，頁 236～237。

11. 《叢書子目書名索引》，施廷鏞編，臺北：文海出版社，1971 年 12 月影印版，頁 872。

12. 《國會圖書館藏中國善本書錄》，臺北：文海出版社，1972 年 6 月，頁 1118～1119。

13. 《增訂日本現存明人文集目錄》，山根幸夫，東京：汲古書院，1978 年 3 月，頁 86～87。

14. 《增訂本千頃堂書目》，黃虞稷，臺北：廣文書局，1981 年 9 月。

15. 《臺灣公藏普通本線裝書目書名索引》，國家圖書館特藏組編，1982 年 1 月，頁 54。

16. 《古典戲曲存目彙考》，莊一拂，上海：上海古籍出版社，1982 年 12 月 1 版 1 刷，頁 797。

17. 《嘉叢堂鈔本目錄》，周子美，上海：華東師範大學出版社排印本，1986 年。

18. 《西諦書話》，鄭振鐸，北京：三聯書店，1983 年 10 月，1 版 1 刷，頁 297～298。

19. 《中國人民大學圖書館古籍善本書目》，中國人民大學圖書館・古籍整理研究所編，北京：中國人民大學出版社，1991 年 2 月 1 版 1 刷，〈集部・總集類・家集〉，頁 181。

附圖

圖 1　葉紹袁《甲行日注》

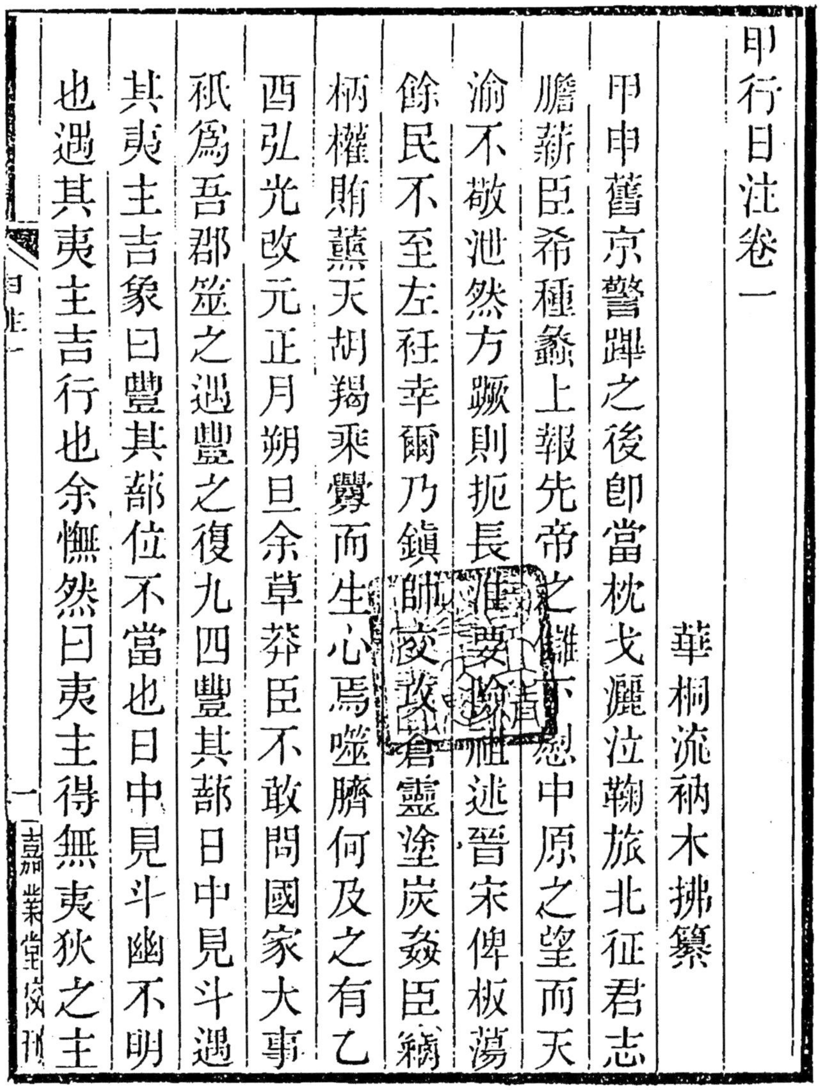

甲行日注卷一

華桐流衲木拂纂

甲申舊京警蹕之後卽當枕戈灑泣鞠旅北征君志膽薪臣希種蠡上報先帝之讎下慰中原之望而天渝不敬泄然方蹶則扼長淮要衝沮逃晉宋俾板蕩餘民不至左衽幸爾乃鎮師旋[illegible]蒼靈塗炭姦臣竊柄權賄薰天胡羯乘釁而生心焉噬臍何及之有乙酉弘光改元正月朔旦余草莽臣不敢問國家大事祇爲吾郡筮之遇豐之復九四豐其蔀日中見斗遇其夷主吉象曰豐其蔀位不當也日中見斗幽不明也遇其夷主吉行也余憮然曰夷主得無夷狄之主

甲行日注　卷一　一　嘉業堂校刊

清吳興劉氏嘉業堂刊本。清華大學人社院圖書館藏。「華桐流衲」、「木拂」皆紹袁別號，參見頁 7。

圖 2　葉紹袁《自撰年譜》

清吳興劉氏嘉業堂刊本。清華大學人社院圖書館藏。

圖 3　葉紹袁《自撰年譜》

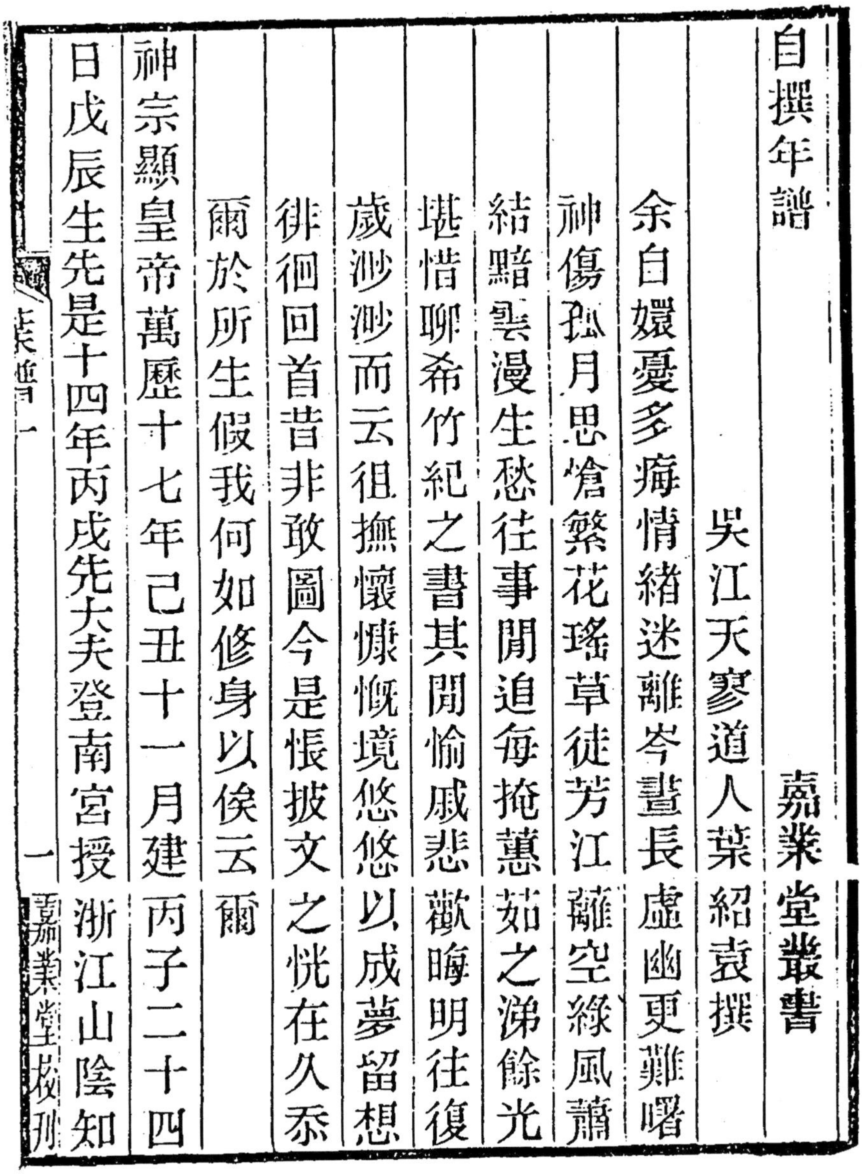

自撰年譜　　嘉業堂叢書

吳江天寥道人葉紹袁撰

余自嬛憂多痗情緒迷離岑疊長虛幽更難曙
神傷孤月思愴繁花瑤草徒芳江蘺空綠風蕭
結黯雲漫生愁往事閒追每掩蕙茹之涕餘光
堪惜聊希竹紀之書其間愉戚悲歡晦明往復
歲渺渺而云徂撫懷慷慨境悠悠以成夢留想
徘徊回首昔非敢圖今是悵披文之恍在久忝
爾於所生假我何如修身以俟云爾

神宗顯皇帝萬曆十七年己丑十一月建丙子二十四
日戊辰生先是十四年丙戌先大夫登南宮授浙江山陰知

葉譜一　　一　　嘉業堂校刊

「天寥道人」亦爲紹袁別號。

圖 4　《午夢堂詩文十種》

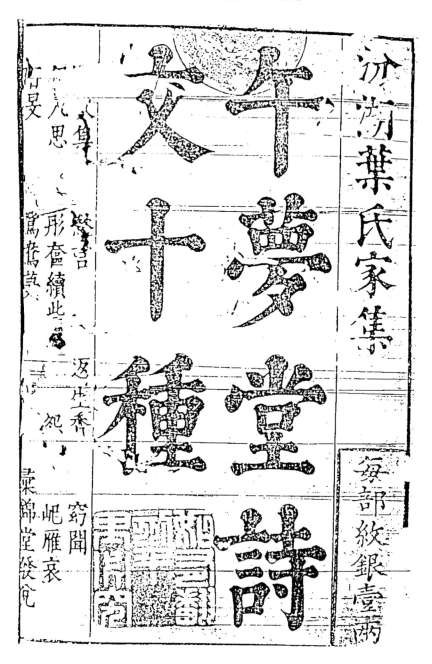

明崇禎間刊本。國家圖書館藏。參見頁 94 編號 4。

圖5　同圖4

愧於賢媛色僅中人敢自
誇為麗匹惟是謝簾雪散
劉匭椒摧中郎之絃無緒
再續桓生之笛真欲奈何
孫楚情文徒傷心於伉儷

葉紹袁自序。

圖6　同圖4

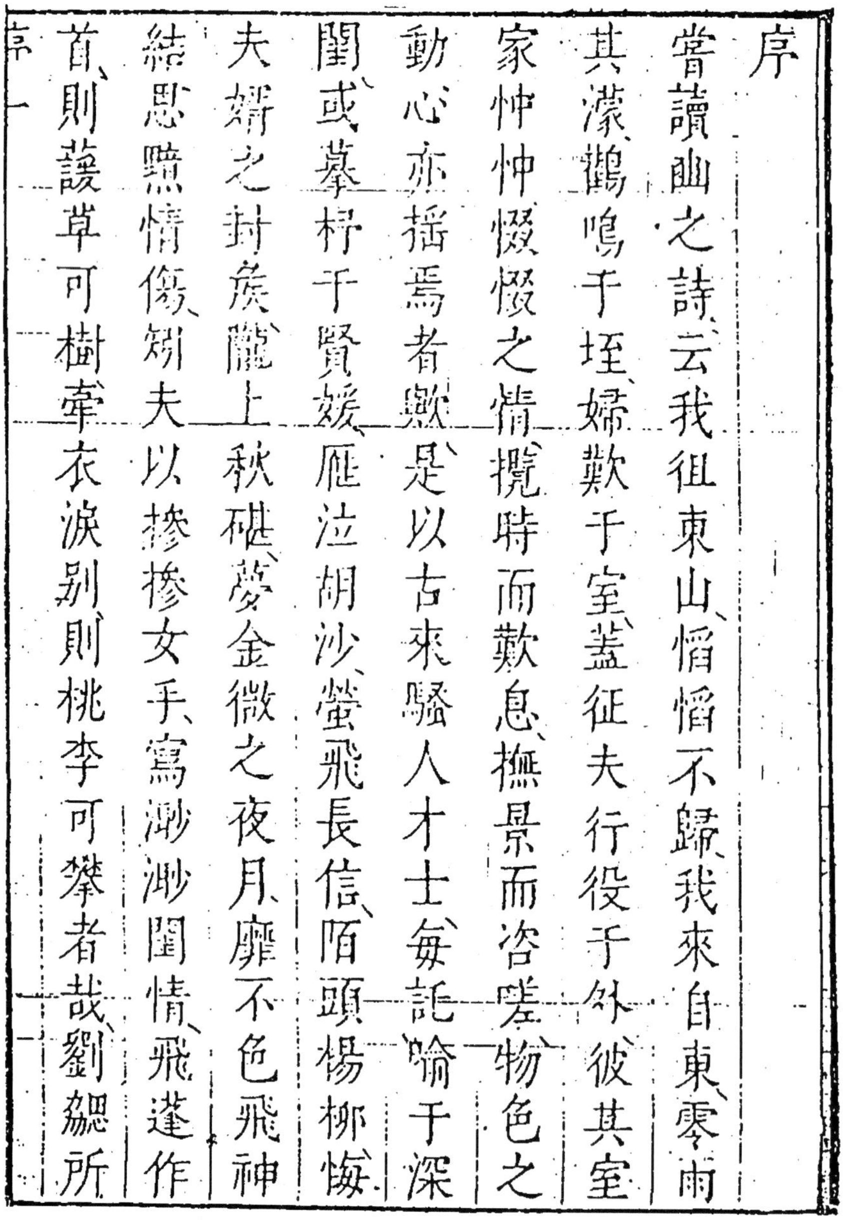

序

嘗讀豳之詩云我徂東山慆慆不歸我來自東零雨
其濛鸛鳴于垤婦歎于室蓋征夫行役于外彼其室
家忡忡惙惙之情攬時而歎息撫景而咨嗟物色之
動心亦搖焉者歟是以古來騷人才士每託喻于深
閨或摹杼于賢媛雁泣胡沙螢飛長信陌頭楊柳悔
夫婿之封矦隴上秋砧夢金微之夜月靡不色飛神
結恩豔情傷別夫以摻摻女手寫渺渺閨情飛蓬作
首則蒹葭可樹牽衣淚別則桃李可攀者哉劉勰所

葉紹袁又序。

圖 7　《午夢堂全集》

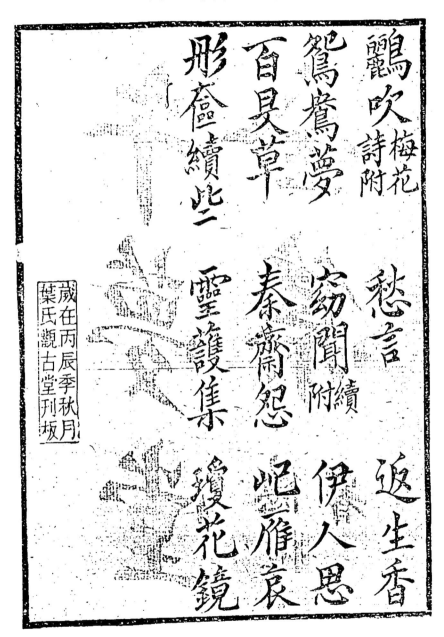

民國五年觀古堂覆刊本。臺灣大學研究生圖書館藏。參見頁 97 編號 20。

圖8　《午夢堂全集·鴛鴦夢》

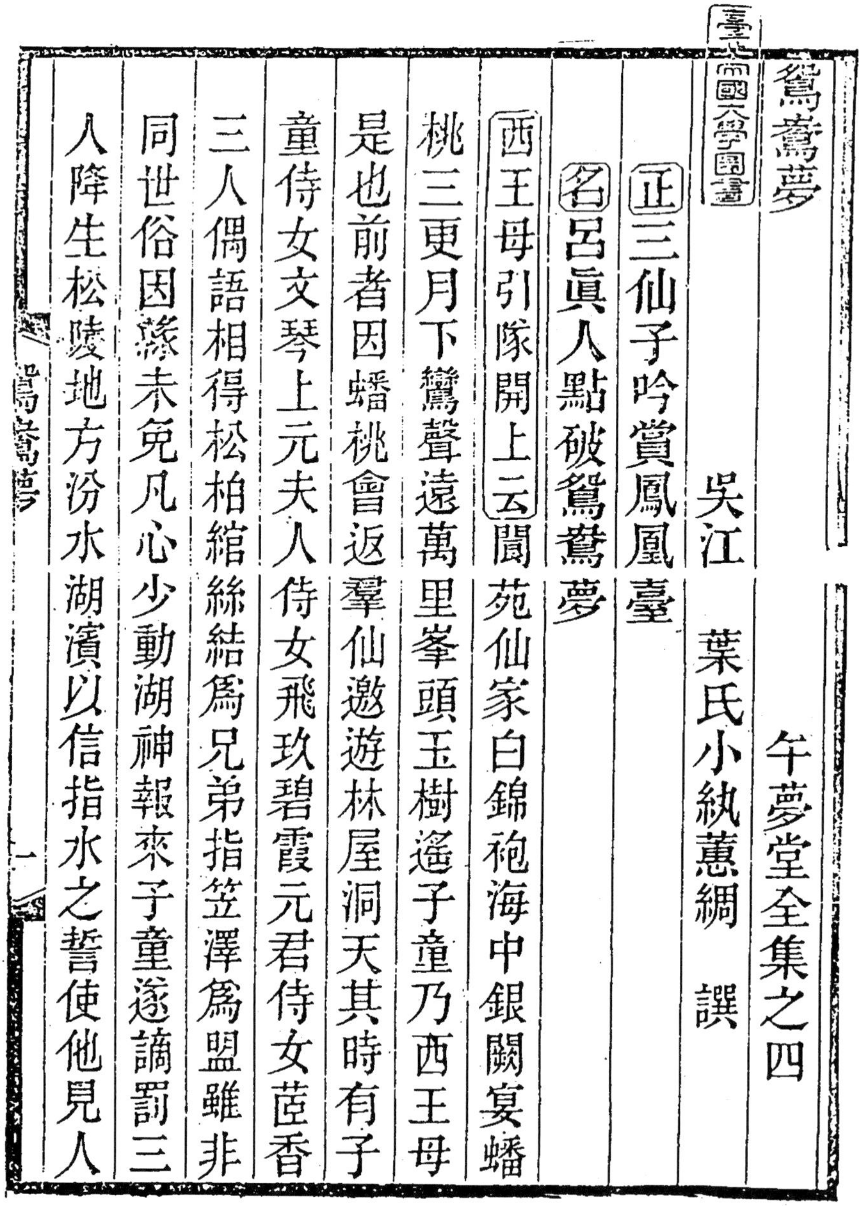

鴛鴦夢

臺北帝國大學圖書

午夢堂全集之四

吳江　葉氏小紈蕙綢　撰

正三仙子吟賞鳳凰臺

名呂真人點破鴛鴦夢

西王母引隊開上云闔苑仙家白錦袍海中銀闕宴蟠
桃三更月下鸞聲遠萬里峯頭玉樹遙子童乃西王母
是也前者因蟠桃會返羣仙邀遊林屋洞天其時有子
童侍女文琴上元夫人侍女飛玖碧霞元君侍女茞香
三人偶語相得松柏縮絲結為兄弟指笠澤為盟雖非
同世俗因緣未免凡心少動湖神報來子童遂謫罰三
人降生松陵地方汾水湖濱以信指水之誓使他見人

清宣統辛亥觀古堂刻本。臺灣大學研究生圖書館藏。參見頁97編號19，及第四章第三節。

圖9　《午夢堂全集·靈護集》

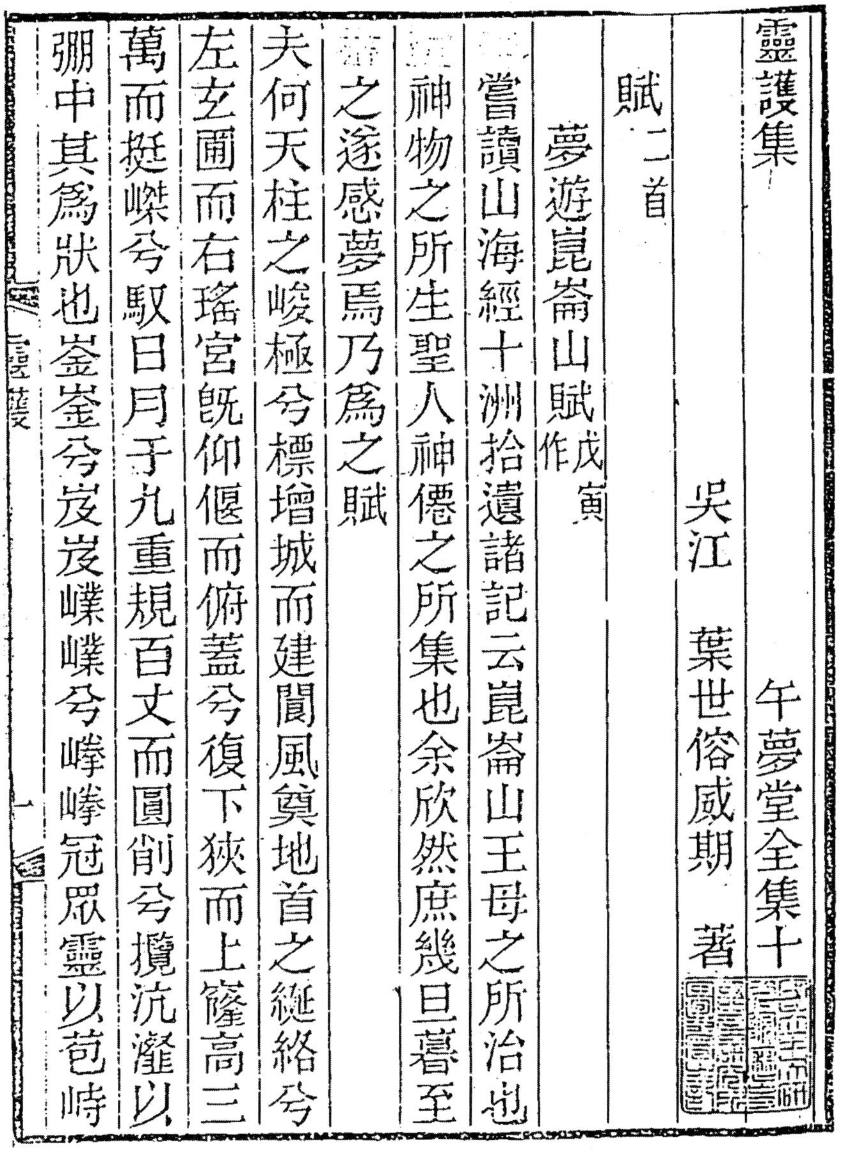

靈護集

午夢堂全集十

吳江　葉世俗威期　著

賦二首

夢遊崑崙山賦戊寅

嘗讀山海經十洲拾遺諸記云崑崙山王母之所治也
神物之所生聖人神僊之所集也余欣然庶幾旦暮至
之遂感夢焉乃為之賦

夫何天柱之峻極兮標增城而建閶風奠地首之緃絡兮

左玄圃而右瑤宮既仰偃而俯蓋兮復下狹而上篡高三

萬而挺嶸兮馭日月于九重規百丈而圓削兮攬沆瀣以

弸中其為狀也崑崙兮岌岌嶸嶸兮嶒嶸冠眾靈以苞峙

清宣統辛亥觀古刻堂本。中央研究院傅斯年圖書館藏。

圖10　《午夢堂詩文十種》

明崇禎間刊本。國家圖書館藏。此序乃原刻本之自序（崇禎丙子，
西元 1636 年），非本刊本之刊刻年代。參見頁 94 編號 5。

圖 11　《午夢堂詩文》

慟其長女昭齊亦以哭姝而傷未幾與宛君俱仙逝
矣嗚呼家珍國寶烟消雨散行路之人亦知惻況
乎水部鍾情山盟頓裂宮商不御澤跡空存耳目見
中而欲傳之海內者也余僭選明詩如獲拱璧詎惟
問何以堪此所以掩淚開箱遺荊壽棗不忍秘諸梱
閨秀足當大家乃擷其菁華刻之如左實挨藻之同
心非阿私其所好云時
崇禎己卯重陽節日西峯居士曹學佺能始譔

明崇禎間刊本。國家圖書館藏。此為曹能始〈午夢堂集序〉，寫於
崇禎己卯（西元 1639 年）。參見頁 94 編號 6。

圖12　《午夢堂詩文》

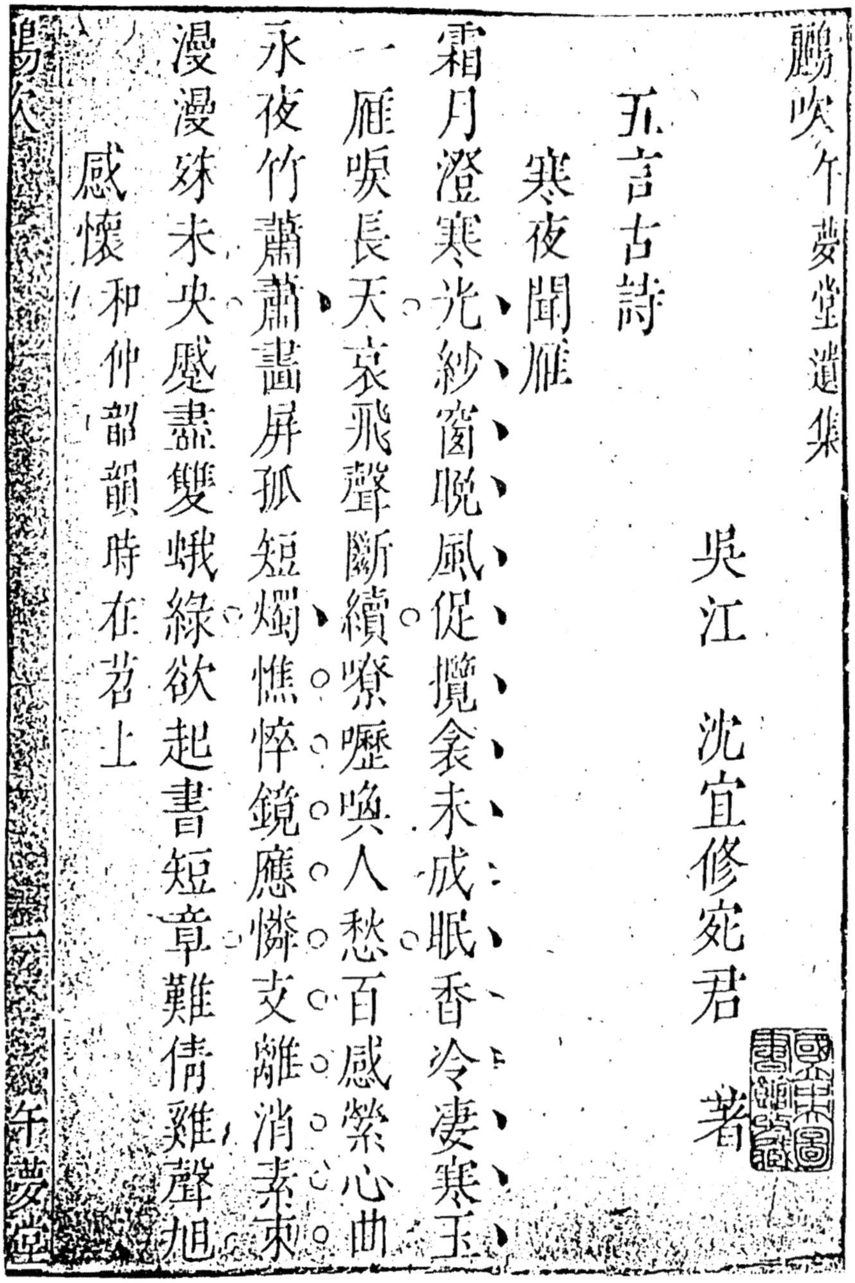

鸝吹午夢堂遺集

吳江　沈宜修宛君　著

五言古詩

寒夜聞雁

霜月澄寒光　紗窗睨風促　攬衾未成眠　香冷淒寒玉
一雁唳長天　哀飛聲斷續　嗚噎喚人愁　百感縈心曲
永夜竹蕭蕭　畫屏孤短燭　憔悴鏡鸞憐　支離消素束
漫漫殊未央　感盡雙蛾綠　欲起書短章　難倩難聲旭

感懷和仲韶韻時在茗上

清覆刊本。國家圖書館藏。參見頁96編號13。

圖 13　同圖 12。

伊人思

吳江　沈宜修宛君　輯

世選名媛詩文多矣大都習于沿古未廣羅今太
史公傳管晏云其書世多有之是以不論論其軼
事余竊倣斯意既登琬琰者弗更採擷中郎帳秘
迺稱美譚然或有巳行世矣而日月逕焉山川阻
之又可歎也若夫片玉流聞并及他書散見俱爲
彙集無敢棄云容俟博蒐庶期燦備爾
原有刻集得十八人

《伊人思》乃沈宜修所輯當代女性作品。參見頁 17、80。

圖 14　《午夢堂集八種》

清乾隆戊寅（西元 1758 年）沈德潛（歸愚）鑒定本。臺灣大學文
學院聯合圖書館藏。參見頁 97 編號 18。

圖 15　同圖 14

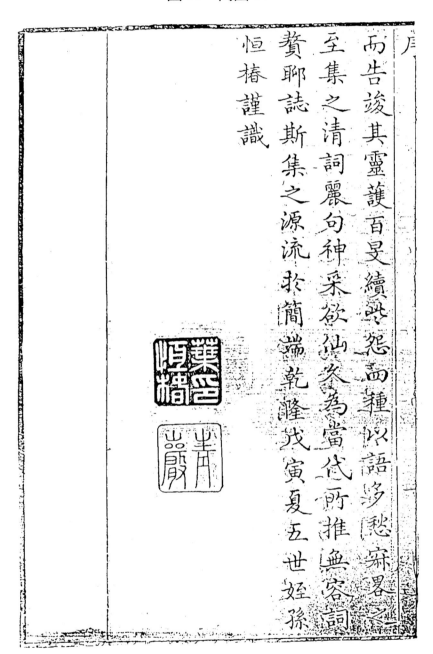

葉恆椿序。

圖16　《午夢堂全集》

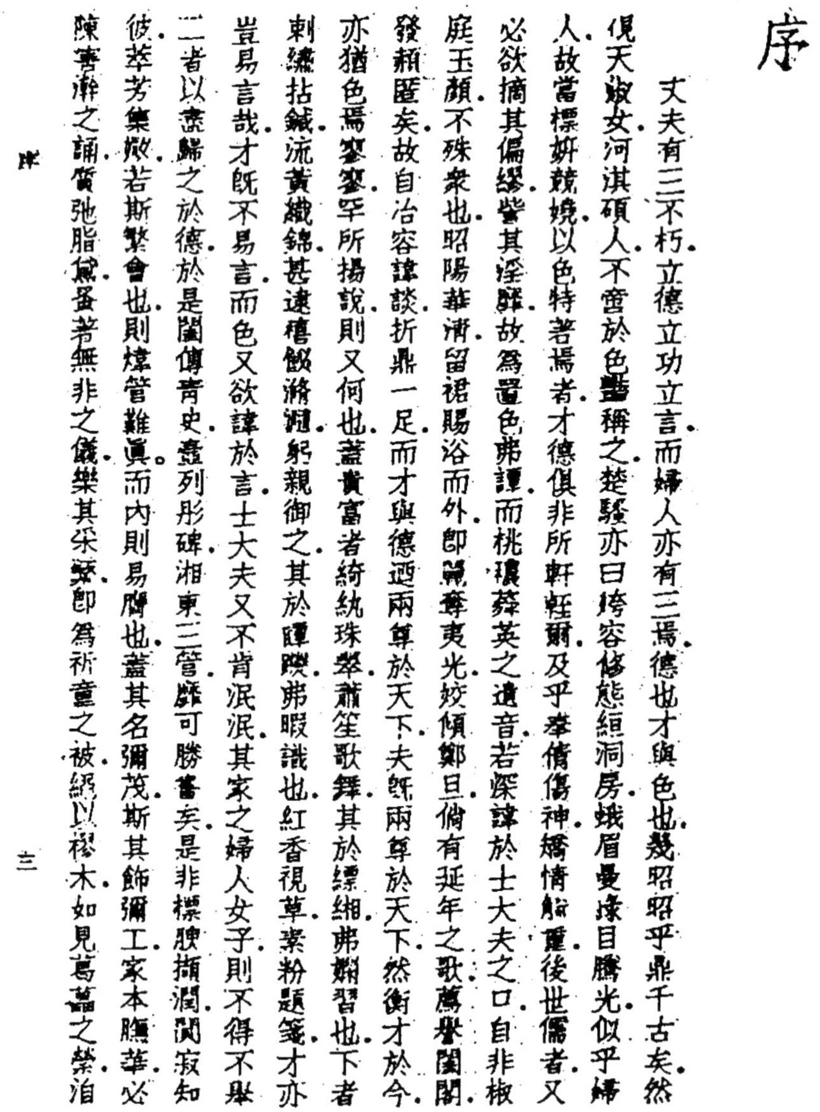

序

丈夫有三不朽立德立功立言而婦人亦有三焉德也才與色也幾昭昭乎鼎千古矣然

倪天敘女河淇碩人不當於色醫稱之楚騷亦曰垮容修態組洞房蛾眉曼綠目騰光似乎婦

人故當標姘競娆以色特著焉者才德俱非所軒輊爾及乎蔡倩傷神嬌情舠蘆後世儒者又

必欲摘其偏繆紫其淫醉故為罝色弗譚而桃璟蔣英之遺音若深譚於士大夫之口自非椒

庭玉顏不殊衆也昭陽菲清留裙賜浴而外卽鼙聲夷光姣傾鄭旦倘有延年之歌鷹舉閨閣

發賴匪矣故自治容譚談折鼎一足而才與德迥兩算於天下夫旣兩算於天下然才於今

亦猶色焉鑒鑒罕所揚說則又何也蓋賣富者綺紈珠翠蕭笙歌舞其於縹緗弗嫻習也下者

刺繡拈鍼黃娥錦甚速禧餕潤躬親御之其於罈觥弗暇識也紅香視草粢粉題箋才亦

二者以素婦之於德於是闍傳靑史盡列彤碑湘東三管雖可勝書矣是非標牌撷潤閒寂知

豈易言哉才旣不易言而色又欲譚於言士大夫又不肯泯泯其家之婦人女子則不得不舉

彼萃芳集微若斯繁會出則焯管難眞而內則易腐也蓋其名彌茂斯其飾彌工家本膐華必

陳害澥之誦質弛脂黛盞者無非之儀樂其采藻卽為祈童之被綵以樸木如見蔦蘿之縈汨

三

民國二十五年上海雜誌公司《中國文學珍本叢書》排印本。國家圖書館藏。參見頁16、97編號21。此為葉紹袁自序。

圖17　同圖16

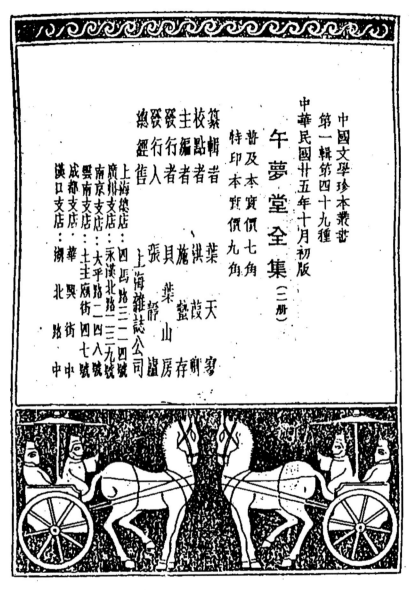

此爲版權頁。

圖 18　《午夢堂集·存餘草述略》

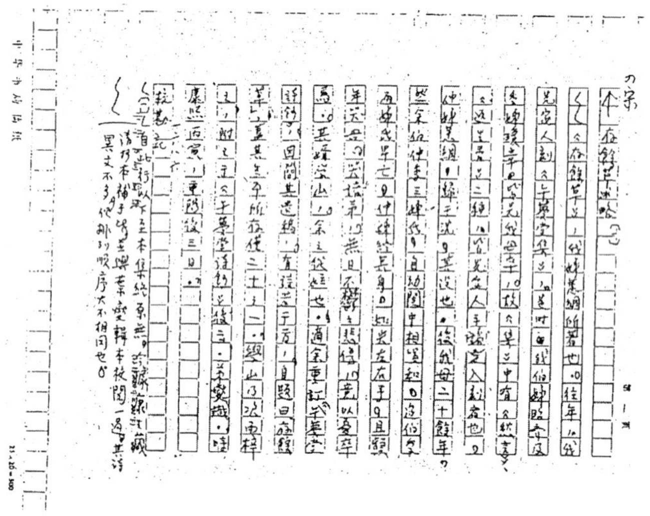

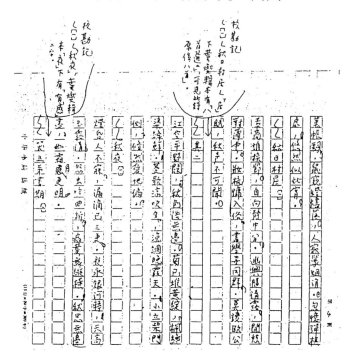

冀勤女士手抄稿。

圖 19　《午夢堂集·存餘草》，同圖 18。

圖 20　《豔體連珠》

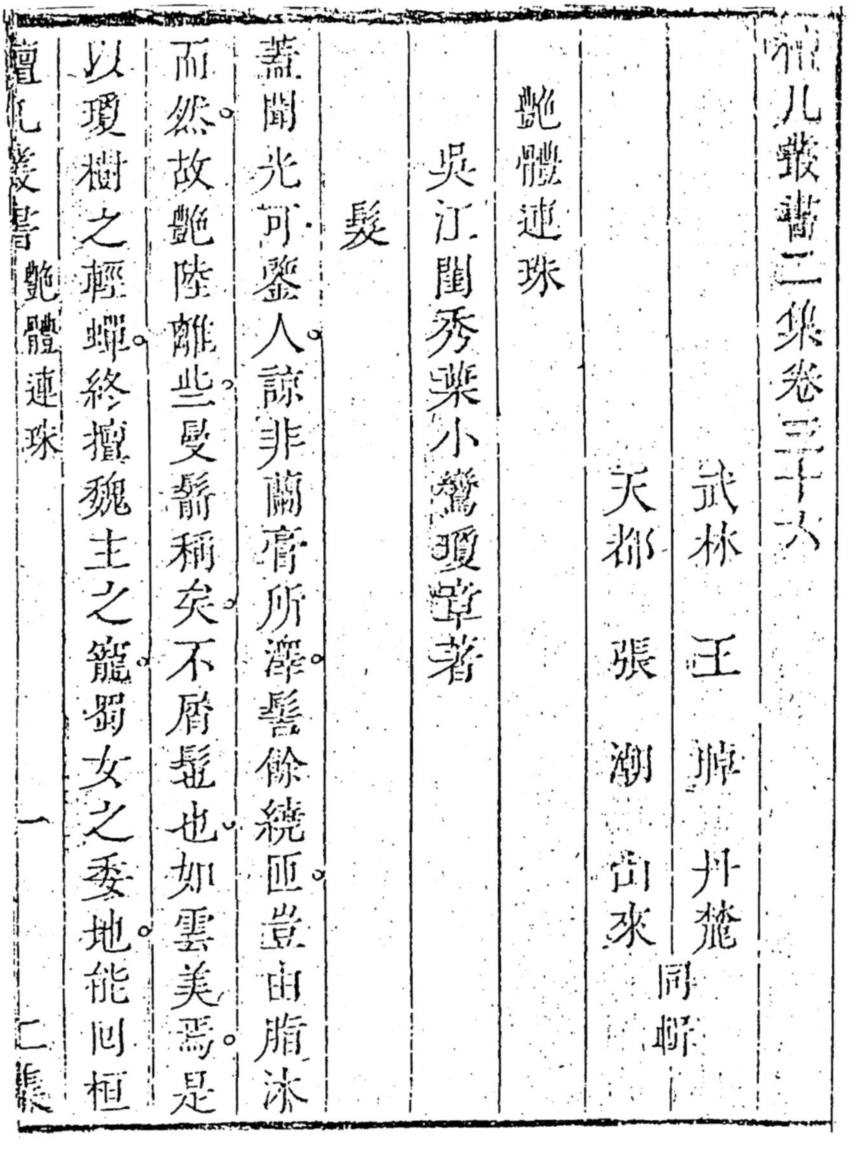

檀几叢書二集卷三十六

艷體連珠

武林　王晫　丹麓　同輯

天都　張潮　山來

吳江閨秀葉小鸞瓊章著

髮

蓋聞光可鑒人諒非蘭膏所澤鬒髮繞匝豈由脂沐而然故豔陸離些旻髿稱矣不屑髢也如雲美焉是以瓊樹之輕蟬終攬巍主之籠弱女之委地能回桓

檀几叢書二集艷體連珠

一　二張

葉小鸞著，清康熙《檀几叢書》刻本。臺灣大學文學院聯合圖書
館藏。參見頁 98。

圖 21　疏香閣主葉小鸞遺像。

轉印自《朵雲》1990 年　第 1 期，王稼冬〈葉小鸞眉子硯流傳小考〉。

圖 22　疏香閣主葉小鸞眉子硯圖

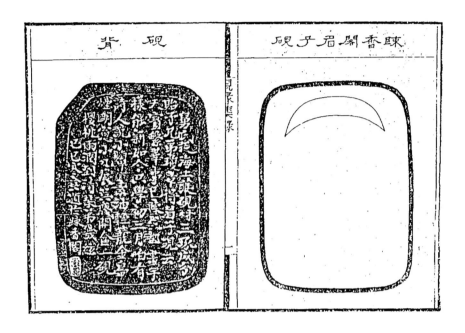

見《硯緣集錄》。轉印自《朵雲》1990 年第 1 期，王稼冬〈葉小鸞
眉子硯流傳小考〉。

圖 23　《疚齋雜劇》第二折〈午夢堂葉女歸魂〉

冒廣生著。《小三吾亭外集》刊本。中央大學戲曲研究室藏。

圖24　同圖23。

〔各掩淚科〕蓝仙、他生未卜、此生已休、於今是你無緣、小生薄

命也呵、〔下〕〔旦二〕你看司李去了、自埋書劍新篁寺、誰倚琴樽舊

畫樓蓝仙蓝仙、今夜別離是你的破題兒第一遭也〔悲科〕

〔賺煞〕我把磬兒敲香兒撥繞拜罷慈悲蓮座早則是蕃門關

上鎖倚闌干待訴嫦娥且休波除了黃絁索性禪房擁衾臥怕

他尋我夢兒相左、咳天呵算人間好事總多磨〔下〕

第二折　午夢堂葉女歸魂

〔小旦上〕西去曾遊王母池、瓊蘇酒泛九霞巵、滿天星斗如堪

摘徧體雲煙似作衣、騎白鹿、駕青螭、羣仙齊和步虛詞臨行

更有雙成贈、贈我金莖五色芝、〔返生香詞〕奴家葉小鸞、小字瓊章、

汲齋雜劇　　七一